岩 波 文 庫

31-005-3

ウィタ・セクスアリス

森 鷗 外 作

岩 波 書 店

目次

ウィタ・セクスアリス*

金井[1]湛《しずか》君は哲学が職業である。

哲学者という概念には、何か書物を書いているということが伴う。金井君は哲学が職業であるくせに、なんにも書物を書いていない。[2]文科大学を卒業するときには、[3]外《げ》道《どう》哲学と[4]Sokrates前の希臘《ギリシャ》哲学との比較的研究とかいう題で、よほどへんなものを書いたそうだ。それからというものは、なんにも書かない。

＊ Vita Sexualis（羅）一般的に「性的生活」と翻訳されるが、本文一六頁で「性的」では意味が判りにくく「不本意ながら欲の字を添えて置く」とある。ゆえに「性欲的生活」ととらえるべき。

1 本作の主人公で鷗外の作品では『スバル』第四号掲載の戯曲「仮面」と第六号掲載の小説「魔睡《ますい》」に留学生仲間として既に名前が登場する。鷗外の諱《いみな》で筆名の一つ源高湛《みなもとたかしず》に因み、「家内」が「静か」にあれという含意もあると考えられる。 2 正式には東京帝国大学文科大学。明治十九（一八八六）年三月の帝国大学令により大正七（一九一八）年まで分科大学制をとっていた。現在の東京大学文学部に相当。金井の勤務先と推定できる。 3 仏教以外の宗教を仏教者側から「外道」（異端の意味）と呼ぶ。すなわち仏教以外の哲学。 4 ソクラテス（前四六九―前三九九）。古代ギリシアの哲学者。

しかし職業であるから講義はする。講座は哲学史を受け持っていて、近世哲学史の講義をしている。学生の評判では、本を沢山書いている先生方の講義よりは、金井先生の講義の方が面白いということである。講義は直観的で、或物《あるもの》の上に強い光線を投げることがある。そういうときに、学生はいつまでも消えない印象を得るのである。殊《こと》に縁の遠い物、何の関係もないような物を籍《か》りて来て或物を説明して、聴く人がはっと思って会得《えとく》するというような事が多い。[1]Schopenhauer は新聞の雑報のような世間話を材料帳に留《と》めて置いて、自己の哲学の材料にしたそうだが、金井君は何をでも哲学史の材料にする。真面目な講義の中で、その頃《ころ》青年の読んでいる小説なんぞを引いて説明するので、学生がびっくりすることがある。

小説は沢山読む。新聞や雑誌を見るときは、議論なんぞは見ないで、小説を読む。しかしもし何と思って読むかということを作者が知ったら、作者は憤慨《ふんがい》するだろう。芸術品として見るのではない。金井君は芸術品には非常に高い要求をしているから、そこいら中《じゅう》にある小説はこの要求を充たすに足りない。金井君には、作者がどういう心理的状態で書いているかということが面白いのである。それだから金井君のためには、作者が悲しいとか悲壮なとかいうつもりで書いているものが、きわめて滑稽《こっけい》に感ぜられたり、作者が滑稽のつもりで書いているものが、かえって悲しかったりする。

金井君も何か書いて見たいという考《かんがえ》はおりおり起る。哲学は職業ではあるが、自己の哲学を建設しようなどとは思わないから、哲学を書く気はない。それよりは小説か脚本かを書いて見たいと思う。しかし例の芸術品に対する要求が高いために、容易に取り附けないのである。

そのうちに夏目金之助[2]君が小説を書き出した。金井君は非常な興味を以て読んだ。そして技癢《ぎよう》[3]を感じた。そうすると夏目君の「我輩は猫である」[4]に対して、「我輩も猫である」というようなものが出る。「我輩は犬である」というようなものが出る。金井君はそれを見て、ついつい嫌《いや》になってなんにも書かずにしまった。

そのうち自然主義[5]ということが始まった。金井君はこの流義の作品を見たときは、格別技癢をば感じなかった。そのくせ面白がることは非常に面白がった。面白がると

1 ショーペンハウアー(一七八八―一八六〇)。ドイツの哲学者。 2 夏目漱石のこと。金之助は本名。鷗外は明治二十九(一八九六)年一月三日に正岡子規宅(子規庵)で行なわれた句会で漱石と同席しており、小説を書く以前の漱石と面識があった。 3 自分の技量を示したいともどかしく思うこと。 4 正しくは「吾輩」。なお、題名や内容の類似した作品が頻出したことは事実。 5 フランスで十九世紀末に起こった芸術思潮。日本では明治三十年代末に、理想化を排し醜悪なものを隠さず現実をあるがままに描く文学運動として流行した。

同時に、金井君は妙な事を考えた。

金井君は自然派の小説を読む度《たび》に、その作中の人物が、[1]行住坐臥《ぎょうじゅうざが》[2]造次顛沛《ぞうじてんぱい》、何につけても性欲的[3]写象《しゃしょう》を伴うのを見て、そして批評が、それを人生を写し得たものとして認めているのを見て、人生は果してそんなものであろうかと思うと同時に、あるいは自分が人間一般の心理的状態を外《はず》れて性欲に冷澹《れいたん》であるのではないか、特に[4]frigiditas とでも名づくべき異常な性癖を持って生れたのではあるまいかと思った。そういう想像は、[5]Zola の小説などを読んだ時にも起らぬではなかった。しかしそれは[6]Germinal やなんぞで、労働者の部落の人間が、[7]困厄《こんやく》の極度に達した処《ところ》を書いてあるとき、或《あ》る男女の逢引《あいびき》をしているのを覗《のぞ》きに行く段などを見て、そう思ったのであるが、その時の疑《うたがい》は、なんで作者がそういう処を、わざとらしく書いているだろうというのであって、それがありそうでない事と思ったのではない。そんな事もあるだろうが、それを何故《なぜ》作者が書いたのだろうと疑うに過ぎない。即ち作者一人の性欲的写象が異常ではないかと思うに過ぎない。小説家とか詩人とかいう人間には、性欲の上には異常があるかも知れない。この問題は[8]Lombroso なんぞの説いている天才問題とも関係を有している。[9]Möbius 一派の人が、名のある詩人や哲学者を片端から摑《つか》まえて、精神病者として論じているも、そこに根柢《こんてい》を有している。しかし近頃《ちかごろ》日本で起った自然派というものはそれとは違う。大勢の作者が一時に起って同じような事を書く。批評がそれを人生だと認めている。その人生というものが、精神病学者に言わせると、一々の写象に性欲的色調を帯びているとでも云《い》いそうな風なのだから、金井君の疑惑は前よりよほど深くなって来たのである。

そのうちに[10]出歯亀《でばかめ》事件というのが現われた。出歯亀という職人がふだん女湯を覗く癖があって、あるとき湯から帰る女の跡《あと》を附けて行って、暴行を加えたのである。どこの国にも沢山ある、きわめて普通な出来事である。西洋の新聞ならば、紙面の隅の

1 仏教用語。戒律に基づいた、行く・住む(止まる)・座る・臥す(寝る)の四つの動作のこと。転じて日常の生活。 2 とっさの時間(造次)と躓《つまず》き倒れる時間(顚沛)。転じてわずかの間。 3 心に浮かぶイメージ、表象。Vorstellung(フォアシュテルング、独)の訳。イメージ。考え。 4 (羅)不感症。 5 ゾラ(一八四〇—一九〇二)。自然主義文学論を確立したフランスの小説家。鷗外は明治二十二(一八八九)年一月の評論「医学の説より出でたる小説論」でゾラの自然主義に言及している。 6 ゾラの小説『ジェルミナール』。全二十作から成る「ルーゴン＝マッカール叢書」の中の一作品。 7 苦しみ。困難。 8 ロンブローゾ(一八三六—一九〇九)。イタリアの精神科医、精神病理学者で犯罪人類学の創始者。 9 メビウス(一八五三—一九〇七)。ドイツの精神病理学者。ルソーやゲーテ、ニーチェなどを研究対象とした。 10 明治四十一(一九〇八)年、銭湯帰りの女性を暴行し殺したとされる池田亀太郎(出歯亀の亀太郎)の事件。「出歯亀」は性的変質者の代名詞となった。

方の二三行の記事になる位《くらい》の事である。それが一時世間の大問題に膨脹する。いわゆる自然主義と[1]聯絡《れんらく》を附けられる。出歯亀主義という自然主義の別名が出来る。出歯るという動詞が出来て流行する。金井君は、世間の人が皆色情狂になったのでない限《かぎり》は、自分だけが人間の仲間はずれをしているかと疑わざることを得ないことになった。

その頃《ころ》或日《あるひ》金井君は、教場で学生の一人が Jerusalem[2] の哲学入門という小さい本を持っているのを見た。講義の済んだとき、それを手に取って見て、どんな本だと問うた。学生は、「[3]南江堂《なんこうどう》に来ていたから、参考書になるかと思って買って来ました、まだ読んで見ませんが、先生が御覧になるならお持《もち》下さい」と云《い》った。金井君はそれを借りて帰って、その晩ちょうど暇があったので読んで見た。読んで行くうちに、[4]審美論の処《ところ》になって、金井君は大《おお》いに驚いた。そこにこういう事が書いてある。あらゆる芸術は [5]Liebeswerbung である。口説《くど》くのである。性欲を公衆に向って発揮するのであると論じてある。そうして見ると、月経の血が戸惑《とまどい》をして鼻から出ることもあるように、性欲が絵画になったり、彫刻になったり、音楽になったり、小説脚本になったりするということになる。金井君は驚くと同時に、こう思った。こいつはなかなか[6]奇警《きけい》だ。しかし奇警ついでに、何故《なぜ》この説をも少し押し広めて、人生のあらゆる出来事は皆性欲の発揮であると立てないのだろうと思った。こんな論をする事なら、同じ論法で何もかも性欲の発揮にしてしまうことが出来よう。宗教などは性欲として説明することが最も容易である。基督《キリスト》を壻《むこ》だというのは普通である。聖者と崇《あが》められた尼なんぞには、実際性欲を perverse[7] の方角に発揮したに過ぎないのがいくらもある。献身だなんぞという行《おこない》をした人の中には、Sadist[8] もいれば Masochist[9] もいる。性欲の目金《めがね》を掛けて見れば、人間のあらゆる出来事の発動機は、一として性欲ならざるはなしである。[10]Cherchez la femme はあらゆる人事世相に応用することが出来る。金井君は、もしこんな立場から見たら、自分は到底人間の仲間はずれたることを免れないかも知れないと思った。

そこで金井君の何か書いて見ようという、かねての希望が、妙な方角に向いて動き出した。金井君はこんな事を思った。一体性欲というものが人の生涯にどんな順序で

1 関係があると見なされること。　2 イェルザレム（一八五四—一九二三）。オーストリアの哲学者。鷗外は箴言集『心頭語』五十八節（明治三十三〈一九〇〇〉年）で内容を紹介している。　3 明治十二（一八七九）年創業の出版社であり書店。洋書や洋雑誌の輸入販売や和書および和雑誌の出版を行ない、文京区本郷の東京大学近くに現存。　4 die Asthetik（独）（一般的に）美学。「審美」は鷗外の用いた訳語。　5 （独）求愛。　6 奇抜。　7 （英）誤った。　8 （英）サディスト。加虐的な性的異常者。　9 （英）マゾヒスト。被虐的な性的異常者。　10 （仏）「（事件の原因としての）女性を探せ」の意。

発現して来て、人の生涯にどれだけ関係しているかということを[1]徴《ちょう》すべき文献は甚《はなは》だ少《すくな》いようだ。芸術に猥褻《わいせつ》な絵などがあるように、[2]Pornographie はどこの国にもある。[3]婬書《いんしょ》はある。しかしそれは真面目なものでない。総《すべ》ての詩の領分に恋愛を書いたものはある。しかし恋愛は、よしや性欲と密接な関繋《かんけい》を有しているとしても、性欲と同一ではない。裁判の記録や、医者の書いたものに、多少の材料はある。しかしそれは多く性欲の変態ばかりである。[4]Rousseau の[5]懺悔記《ざんげき》は随分思い切って無遠慮に何でも書いたものだ。子供の時教えられた事を忘れると、牧師のお嬢さんが摑《つか》まえてお尻を打つ。それが何とも云《い》えない好い心持《こころもち》がするので、知ったことをわざと知らない振《ふり》をして、間違った事を言ったり何かして、お嬢さんに打ってもらった。ところが、いつかお嬢さんが情を知って打たなくなったなどということが書いてある。これは性欲の最初の発動であって、決して初恋ではない。その外《ほか》、青年時代の記事には性欲の事もちょいちょい見えている。しかし性欲を主にして書いたものではないから飽き足らない。[6]Casanova は生涯を性欲の犠牲に供したと云っても好い男だ。あの男の書いた回想記は一の大著述であって、あの大部《たいぶ》な書物の内容は、徹頭徹尾《てっとうてつび》性欲で、恋愛などにまぎらわしい処《ところ》はない。しかし[7]拿破崙《ナポレオン》の[8]名聞心《みょうもんしん》が甚だしく常人に超越しているために、その自伝が名聞心を研究する材料になりにくいと同じ事で、性欲界の豪傑

Casanova の書いたものも、性欲を研究する材料にはなりにくい。譬《たと》えば Rhodos[9] の kolossos や奈良の大仏が人体の形の研究には適せないようなものである。おれは何か書いて見ようと思っているのだが、前人の足跡を踏むような事はしたくない。ちょうど好いから、一つおれの性欲の歴史を書いて見ようか知らん。実はおれもまだ自分の性欲が、どう萌芽してどう発展したか、つくづく考えて見たことがない。一つ考えて書いて見ようか知らん。白い上に黒く、はっきり書いて見たら、自分が自分でわかるだろう。そうしたらあるいは自分の性欲的生活が normal[10] だか anomalous[11] だか分かるかも知れない。勿論《もちろん》書いて見ない内《うち》は、どんなものになるやら分らない。したがって人に見せられるようなものになるやら、世に公にせられるようなものになるやら分ら

1　証明する。調べて明らかにする。　2　(独)ポルノグラフィー。　3　淫らな書物、ポルノグラフィーのこと。　4　ルソー(一七一二―七八)。フランスの思想家。明治期の日本に大きな影響を与えた。　5　ルソーの主著の一つである自伝『告白』のこと。鷗外は明治二十年代に部分的に翻訳しており、その時の題名が『懺悔記』。また評論の中では『洗冤録《せんえんろく》』あるいは『雪冤録《せつえんろく》』と表記している。　6　カザノヴァ(一七二五―九八)。イタリアの作家。数多い自らの性体験を記録した『回想録』で有名。　7　ナポレオン(一七六九―一八二一)の漢字表記。明治期に使われた。　8　世間の高い評価を求める心。名誉心。　9　ロードス(島)はエーゲ海にある島でヘレニズム文明の中心。この島の港には、コロッソスと呼ばれる巨大な彫像がかつてあった。　10　(英)一般的な。　11　(英)変態的な。

ない。とにかく暇なときにぽつぽつ書いて見ようと、こんな風な事を思った。

そこへ独逸《ドイツ》から郵便物が届いた。いつも書籍を送ってくれる書肆《しょし》[1]から届いたのである。その中に性欲的教育の問題を或《ある》会で研究した報告があった。性欲的というのは妥《おだやか》でない。Sexual は性的である。性欲的ではない。しかし性という字があまり多義だから、不本意ながら欲の字を添えて置く。さて教育の範囲内で、性欲的教育をせねばならないものだろうか、せねばならないとした処《ところ》で、果してそれが出来るだろうかというのが問題である。或会で教育家を一人、宗教家を一人、医学者を一人という工《ぐ》合《あい》に、おのおのその向《むき》の authority[2] とすべき人物を選んで、意見を叩《たた》いたのが、この報告になって出たのである。然《しか》るに三人の議論の道筋は[3]それぞれ別であるが、性欲的教育は必要であるか、然り、做《な》し得らるるであろうか、然りという答に帰着している。家庭でするが好いという意見もある。学校でするが好いという意見もある。とにかくするが好い、出来ると決している。教える時期は固《もと》より物心が附いてからである。婚礼の前に絵を見せるという話は我国にもあるが、それを少し早めるのである。早めるのは、婚礼のすぐ前まで待っては、その内《うち》に間違《まちがい》があるというのである。話は下級生物の繁殖から始めて、次第に人類に及ぶというのである。初《はじめ》に下級生物を話すとはいうが、ただ植物の雄蕊《ゆうずい》[4]雌《し》蕊《ずい》の話をして、動物も亦復是《またまたかく》の如し、人類も亦復是の如しでは何の役にも立たない。人の性欲的生活をも詳しく説かねばならぬというのである。

金井君はこれを読んで、暫《しばら》く腕組をして考えていた。金井君の長男は今年《ことし》高等学校を卒業する。仮に自分が息子に教えねばならないとなったら、どう云《い》ったら好かろうと考えた。そして非常にむつかしい事だと思った。具体的に考えて見れば見るほど詞《ことば》[5]を措《お》くに窮する。そこで前に書こうと思っていた、自分の性欲的生活の歴史の事を考えて、金井君は問題の解決を得たように思った。あれを書いて見て、どんなものになるか見よう。書いたものが人に見せられるか、世に公にせられるかより先に、息子《むすこ》に見せられるかということを検《けみ》して見よう。金井君はこう思って筆を取った。

＊　＊　＊　＊　＊　＊

六つの時であった。[6]

中国[7]の或《あ》る小さいお大名の御城下にいた。廃藩置県[8]になって、県庁[9]が隣国に置かれ

1 書物を出版したり販売したりする店。 2 (英)権威ある人。 3 その人とかの人。「それ」を重ねた語で「それぞれ」と濁らない。 4 「おしべ」と「めしべ」。 5 言葉にすることが難しい。 6 以下、金井の年齢ごとの経験が編年体で記述されるが、鷗外の当時の実年齢(数え年十歳、満九歳)とは異なる設定となっている。 7 鷗外の郷里、津和野藩(現・島根県)と推定できる。 8 明治政府が明治四(一八七一)年七月に、旧来の藩制を廃し、全国に郡県制を布いて中央集権国家化した施策。 9

ることになったので、城下は俄《にわか》に寂しくなった。

お父《とう》様は殿様と御一《ごいっ》しょに東京に出ていらっしゃる。お母《かあ》様が、湛《しずか》ももう大分大きくなったから、学校に遣《や》る前から、少しずつ物を教えて置かねばならないというので、毎朝仮名《かな》を教えたり、手習《てならい》をさせたりして下さる。

お父様は藩の時[1]徒士《かち》であったが、それでも土塀を繞《めぐ》らした門構《もんがまえ》の家にだけは住んでおられた。門の前はお濠《ほり》で、向うの岸は[2]上《かみ》のお蔵である。

或日《あるひ》お稽古《けいこ》が済むと、お母様は[3]機《はた》を織っていらっしゃる。僕は「遊んでまいります」という一声を残して駈け出した。

この辺は屋敷町で、春になっても、柳も見えねば桜も見えない。[4]内《うち》の塀の上から真赤《まっか》な椿の花が見えて、お米蔵の側の臭橘《からたち》に薄緑の芽の吹いているのが見えるばかりである。

西隣に空地がある。石瓦《いしがわら》の散らばっている間に、[5]げんげや菫《すみれ》の花が咲いている。僕はげんげを摘みはじめた。暫《しばら》く摘んでいるうちに、前の日に近所の子が、男のくせに花なんぞを摘んで可笑《おか》しいと云《い》ったことを思い出して、急に身の周囲《まわり》を見廻して花を棄てた。幸《さいわい》に誰も見ていなかった。僕はぼんやりして立っていた。晴れた麗《うらら》かな日であった。お母様の機を織ってお出《いで》なさる音が、ぎいとん、ぎいとんと聞える。

空地を隔てて小原という家がある。主人は亡くなって四十ばかりの後家《ごけ》さんがいるのである。僕はふいとその家へ往《い》く気になって、表口へ廻って駈け込んだ。草履《ぞうり》を脱ぎ散らして、障子《しょうじ》をがらりと開《あ》けて飛び込んで見ると、おばさんはどこかの知らない娘と一《いっ》しょに本を開けて見ていた。娘は赤いものずくめの着物で、髪を島《しま》[6]田《だ》に結《い》っている。僕は子供ながら、この娘は町の方のものだと思った。おばさんも娘も、ひどく驚いたように顔を上げて僕を見た。二人の顔は真赤であった。僕は子供ながら、二人の様子が当前《あたりまえ》でないのが分って、異様に感じた。見れば開けてある本には、綺麗《きれい》に彩色がしてある。

「おば様。そりゃあ何の絵本かのう。」

僕はつかつかと側へ往《い》った。娘は本を伏せて、おばさんの顔を見て笑った。表紙にも彩色がしてあって、見れば女の大きい顔が書いてあった。

おばさんは娘の伏せた本を引ったくって開けて、僕の前に出して、絵の中の何物か

津和野は初め浜田県に所属、次に島根県に入り県庁は旧出雲藩の松江に置かれたことを指す。
1 徒歩で仕事をした、身分が高いとは言えない武士。 2 主君。 3 織物を作る手動の器械。 4 ここでは自宅のこと。 5 レンゲソウ。 6 最も一般的な女性の髷《まげ》で、主に未婚の女性が結った。

を指ざして、こう云《い》った。

「しずさあ。あんたはこれを何と思いんさるかの。」

娘は一層声を高くして笑った。僕は覗《のぞ》いて見たが、人物の姿勢が非常に複雑になっているので、どうもよく分らなかった。

「足じゃろうがの。」

おばさんも娘も一《いっ》しょに大声で笑った。足ではなかったと見える。僕はひどく侮辱《ぶじょく》せられたような心持《こころもち》がした。

「おば様。また来ます。」

僕はおばさんの待てというのを聴かずに、走って戸口を出た。

僕は二人の見ていた絵の何物なるかを判断する智識を有せなかった。しかし二人の言語挙動をひどく異様に、しかも不愉快に感じた。そして何故《なぜ》か知らないが、この出来事をお母様に問うことを憚《はばか》[1]った。

* * * * *

七つになった。

お父《とう》様が東京からお帰《かえり》になった。僕は藩[2]の学問所の址《あと》に出来た学校に通うことになった。

内《うち》から学校へ往《い》くには、門の前のお壕《ほり》の西のはずれにある木戸《きど》[3]を通るのである。木戸の番所の址がまだ元のままになっていて、五十ばかりのじいさん[4]が住んでいる。女房も子供もある。子供は僕と同年位《くらい》の男の子で、襤褸《ぼろ》を着て、いつも二本棒[5]を垂らしている。その子が僕の通る度《たび》に、指を銜《くわ》えて僕を見る。僕は厭悪《えんお》[6]と多少の畏怖《いふ》[7]とを以てこの子を見て通るのであった。

或日《あるひ》木戸を通るとき、いつも外に立っている子が見えなかった。おれ[8]はあの子はどうしたかと思いながら、通り過ぎようとした。その時番所址の家の中で、じいさんの声がした。

「こりい。そりょう[9]持ってわやく[10]をしちゃあいけんちゅうのに。」

僕はふいと立ち留《どま》って声のする方を見た。じいさんは胡坐《あぐら》をかいて草鞋《わらじ》を作ってい

1 ここでは、さしさわりがあると考えやめた、の意。 2 鷗外は明治二(一八六九)年から津和野藩の藩校養老館に通っている。しかし養老館が浜田県に移管された明治四年に退学し、上京の準備をしていたとされ、この「学校」に通学した形跡はない。 3 城の通用門。 4 小説「ぢいさんばあさん」等、現在も「ぢいさん」表記の鷗外作品もあるが、本書では「じいさん」とした。 5 鼻の穴から長く鼻水が出ている様子。 6 嫌い憎むこと。 7 おそれおののくこと。 8 「おれ」は、回想に熱中し、思わず執筆当時の自称が使われたものか。 9 それを。 10 腕白な様子。無茶。

る。今叱ったのは、子供が藁《わら》を打つ槌《つち》を持ち出そうとしたからである。子供は槌を措《お》いておれの方を見た。じいさんもおれの方を見た。濃い褐色《かちいろ》の皺《しわ》の寄った顔で、曲った鼻が高く、頬がこけている。目はぎょろっとしていて、白目《しろめ》の裡《うち》に赤い処《ところ》や黄いろい処がある。じいさんが僕にこう云《い》った。

「坊様《ぼうさま》。あんたあお父《とっ》さまとおっ母《か》さまと夜《よる》何をするか知っておりんさるかあ。あんたあ寝坊《ねぼう》じゃけえ知りんさるまあ。あはあは。」

じいさんの笑う顔は実に恐ろしい顔である。子供も一《いっ》しょになって、顔をくしゃくしゃにして笑うのである。

僕は返事をせずに、逃げるように通り過ぎた。跡《あと》にはまだじいさんと子供との笑う声がしていた。

道々じいさんの云った事を考えた。男と女とが夫婦になっていれば、その間に子供が出来るということは知っている。しかしどうして出来るか分らない。じいさんの言った事はその辺に関しているらしい。その辺になんだか秘密が伏在しているらしいと、こんな風に考えた。

秘密が知りたいと思っても、じいさんの言うように、夜《よる》目を醒《さ》ましていて、お父様やお母様《かあ》を監視せようなどとは思わない。じいさんがそんな事を言ったのは、子供の心にも、profanation[2]である、褻瀆《せっとく》[3]であるというように感ずる。お社《やしろ》の御簾《みす》[4]の中へ土足で踏み込めといわれたと同じように感ずる。そしてそんな事を言ったじいさんがひどく憎いのである。

こんな考《かんがえ》はその後木戸《きど》を通る度《たび》に起った。しかし子供の意識は断《た》えず応接に遑《いとま》あらざるほどの新事実に襲われているのであるから、長く続けてそんな事を考えていることは出来ない。内《うち》に帰っている時なんぞは、大抵そんな事は忘れているのであった。

＊　＊　＊　＊　＊　＊

十《とお》になった。

お父《とう》様が少しずつ英語を教えて下さることになった。

内を東京へ引き越すようになるかも知れないという話がおりおりある。そんな話のある時、聞耳《ききみみ》を立てると、お母様がよその人に言うなと仰《おっし》ゃる。お父様は、もし東京へでも行くようになると、余計な物は持って行かれないから、物を選《よ》り分けねばならないというので、よく蔵にはいって何かしていらっしゃる。蔵は下の方には米がはいっていて、二階に長持《ながもち》や何かが入れてあった。お父様のこのお為事《しごと》も、客でもあると、

1　お坊っちゃん。　2　（英）神聖をけがすこと。　3　注2と同意。　4　神殿等に用いるすだれ。

すぐにやめておしまいになる。

何故《なぜ》人に言っては悪いのかと思って、お母様に問うて見た。お母様は、東京へは皆行きたがっているから、人に言うのは好くないと仰《おっし》ゃった。

或日《あるひ》お父様のお留守に蔵の二階へ上《あが》って見た。蓋《ふた》を開《あ》けたままにしてある長持《ながもち》がある。色々な物が取り散らしてある。もっと小さい時に、いつも床の間に飾ってあった[1]鎧櫃《よろいびつ》が、どうしたわけか、二階の真中《まんなか》に引き出してあった。甲冑《かっちゅう》というものは、何でも五年も前に、[2]長州征伐があった時から、信用が地に墜《お》ちたのであった。お父様が[3]古かね屋にでも遣《や》ってしまいなさるおつもりで、疾《と》うから蔵にしまってあったのを、引き出してお置《おき》になったのかも知れない。

僕は何の気なしに鎧櫃の蓋を開けた。そうすると鎧の上に本が一冊載っている。開けて見ると、綺麗《きれい》に彩色のしてある絵である。そしてその絵にかいてある男と女とが異様な姿勢をしている。僕は、もっと小さい時に、小原のおばさんの内《うち》で見た本と同じ種類の本だと思った。しかしもう大分それを見せられた時よりは智識が加わっているのだから、その時よりは熟《よ》く分った。[4]Michelangelo の壁画の人物も、大胆な遠近法を使ってかいてあるとはいうが、こんな絵の人物には、それとは違って、随分無理な姿勢が取らせてあるのだから、小さい子供に、どこに手があるやら足があるやら弁《わきま》えにくかったのも無理はない。今度は手も足も好く分った。そしてかねて知りたく思った秘密はこれだと思った。

僕は面白く思って、幾枚かの絵を繰り返して見た。しかしここに注意して置かなければならない事がある。それはこういう人間の振舞《ふるまい》が、人間の欲望に関係を有しているということは、その時少しも分らなかった。Schopenhauer[5] はこういう事を言っている。人間は容易に醒《さ》めた意識を以て子を得ようと謀《はか》るものではない。自分の胤《たね》の繁殖に手を着けるものではない。そこで自然がこれに愉快を伴わせる。これを欲望にする。この愉快、この欲望は、自然が人間に繁殖を謀らせる詭謀《きぼう》[6]である。餌《え》である。こんな餌を与えないでも、繁殖に差支《さしつかえ》のないのは、下等な生物である。醒めた意識を有せない生物であると云《い》っている。僕には、この絵にあるような人間の振舞に、そんな

1 よろい・かぶと(甲冑《かっちゅう》、具足《ぐそく》とも言う)を入れておく大型の箱。 2 長州は長門《ながと》の国(現・山口県)。徳川幕府が元治元(一八六四)年と慶応二(一八六六)年に長州に向けて起こした内戦。第二次の際は薩摩(現・鹿児島県)とのいわゆる薩長連合に幕府が敗北し、権威が失墜した。 3 使い古した金属製品を買い取る店。 4 ミケランジェロ(一四七五―一五六四)。イタリア、ルネサンス期の彫刻家、画家、建築家、詩人。代表的な壁画にローマのシスティーナ礼拝堂の『最後の審判』がある。 5 ショーペンハウアー(九頁注1参照)。 6 だまして人を陥れる計略。

餌《え》が伴わせてあるということだけは、少しも分らなかったのである。僕の面白がって、繰り返して絵を見たのは、ただまだ知らないものを知るのが面白かったに過ぎない。Neugierde[1]に過ぎない。Wissbegierde[2]に過ぎない。小原のおばさんに見せてもらっていた、島田《しまだ》髷《まげ》の娘とは、全く別様な眼で見たのである。

さて繰り返して見ているうちに、疑惑を生じた。それは或《あ》る体の部分が馬鹿に大きくかいてあることである。もっと小さい時に、足でないものを足だと思ったのも、無理はないのである。一体こういう画《え》はどこの国にもあるが、或る体の部分をこんなに大きくかくということだけは、世界に類がない。これは日本の浮世絵師の発明なのである。昔希臘《ギリシャ》の芸術家は、神の形を製作するのに、額を大きくして、顔の下の方を小さくした。額は霊魂の舎《やど》るところだから、それを引き立たせるために大きくした。顔の下の方、口のところ、咀嚼《そしゃく》に使う上下の顎《あご》に歯なんぞは、卑《いや》しい体の部であるから小さくした。もしこっちの方を大きくすると、段々猿に似て来るのである。Camper[3]の面角《めんかく》[4]が段々小さくなって来るのである。それから腹の割合に胸を大きくした。腹が顎や歯と同じ関係を有しているということは、別段に説明することを要せない。飲食よりは呼吸の方が、上等な作用である。その上昔の人は胸に、詳しく言えば心の臓に、血の循行《めぐり》ではなくて、精神の作用を持たせていたのである。その額や胸を大きくしたと同じ道理で、日本の浮世絵師は、こんな画をかく時に、或る体の部分を大きくしたのである。それがどうも僕には分らなかった。

[5]肉蒲団《にくぶとん》という、支那人の書いた、けしからん猥褻《わいせつ》な本がある。お負《まけ》に支那人の癖で、その物語の組立に善悪の応報をこじつけている。実に馬鹿げた本である。その本に未《み》央生《おうせい》という主人公が、自分の或る体の部分が小さいようだというので、人の小便するのを覗《のぞ》いて歩くことが書いてある。僕もその頃《ころ》人が往来ばたで小便をしていると、覗いて見た。まだ御城下にも辻《つじ》便所などはないので、誰でも道ばたでしたのである。そして誰のも小さいので、画にうそがかいてあると判断して、[6]天晴《あっぱれ》発見をしたようなつもりでいたのである。

これが僕の可笑《おか》しな絵を見てから実世界の観察をした一つである。今一つの観察は、少し書きにくいが、真実のために強《し》いて書く。僕は女の体の或る部分を目撃したことがない。その頃御城下には[7]湯屋《ゆや》なんぞはない。内《うち》で湯を使わせてもらっても、親類の

1 (独)好奇心。 2 (独)知的好奇心。 3 カンペル(一七二二—八九)。オランダの自然科学者、解剖学者。 4 「顔面角」(facial angle)のこと。口辺部の前方突出の角度で、カンペルらの学説では、この角度が大きいほど知能が高いとされた。 5 清代中国の好色小説(作者不詳)。一緒に寝る女性を蒲団にみなしている。 6 感動詞「あはれ」の促音化したもの。見事。 7 公衆浴場。

家に泊って、よその人に湯を使わせてもらっても、自分だけが裸にせられて、使わせてくれる人は着物を着ている。女は往来で[1]手水《ちょうず》もしない。これには甚《はなは》だ窮した。

学校では、女の子は別な教場で教えることになっていて、一《いっ》しょに遊ぶことも絶《たえ》てない。もし物でも言うと、すぐに友達仲間で嘲弄《ちょうろう》する。そこで女の友達というものはなかった。親類には娘の子もあったが、節句だとか法事だとかいうので来ることがあっても、よそ行《ゆき》の着物を着て、お化粧をして来て、大人《おとな》しく何か食べて帰るばかりであった。[2]心安いのはない。ただ内《うち》の裏に、藩の時に[3]小人《こびと》と云《い》ったものが住んでいて、その娘に同年位《くらい》なのがいた。名は勝《かつ》と云った。小さい[4]蝶々髷《まげ》を結《い》っておりおり内へ遊びに来る。色の白い頰《ほ》っぺたの膨らんだ子で、性質がごく素直《すなお》であった。この子が、気の毒にも、僕の試験の対象物にせられた。

五月雨《さみだれ》の晴れた頃《ころ》であった。お母様は相変らず機《はた》を織っていらっしゃる。蒸暑い午《ひる》過《すぎ》で、内へ針為事《はりしごと》に来て、台所の手伝をしている婆《ば》あさんは昼寝をしている。お母様の[5]梭《おさ》の音《おと》のみが、ひっそりしている家に響き渡っている。

僕は裏庭の蔵の前で、蜻蜓《とんぼ》の尻に糸を附けて飛ばせていた。花の一《いっ》ぱい咲いている百日紅《さるすべり》の木に、蟬が来て鳴き出した。覗《のぞ》いて見たが、高い処《ところ》なので取れそうにない。そこへ勝が来た。勝も内のものが昼寝をしたので、寂しくなって出掛けて来たのである。

「遊びましょうやあ。」

これが挨拶である。僕は忽《たちま》ち一計を案じ出した。

「うむ。あの縁《えん》から飛んで遊ぼう。」

こう云って草履《ぞうり》を脱いで縁に上った。勝も附いて来て、赤い緒《お》の雪踏《せった》[6]を脱いで上った。僕はまず跣足《はだし》で庭の苔の上に飛び降りた。勝も飛び降りた。僕はまた縁に上って、尻を褰《まく》った。

「こうして飛ばんと、着物が邪魔になっていけん。」

僕は活発に飛び降りた。見ると、勝はぐずぐずしている。

「さあ。あんたも飛びんされえ[7]。」

勝は暫《しばら》く困ったらしい顔をしていたが、無邪気な素直な子であったので、とうとう

1「手水」は便所の意。ここでは屋外で排泄行為をすること。 2 親しい。 3 江戸時代、武士の家で走り使いをした人。 4 少女の髪型。蝶が羽を広げたように左右に輪の形に結い上げたもの。 5 本来は「筬」「筅」と表記。機織り器の付属品。経《たて》糸を整え、緯《よこ》糸を打ち込むのに用いる。 6 竹皮草履の裏面に牛革を貼って防水機能を与え、革底のカカトの部分に「後金」という金属の滑り止めをつけた草履の一種で、傷みにくく湿気を通しにくい。 7 飛びなさい。「されえ」は「しなさい」。

尻を褰《まく》って飛んだ。僕は目を円《まる》くして覗《のぞ》いていたが、白い脚が二本白い腹に続いていて、なんにもなかった。僕は大《おお》いに失望した。Operaglass[1] で ballet[2] を踊る女の股の間を覗いて、羅《うすもの》[3]に織り込んである金糸の光るのを見て、失望する紳士の事を思えば、罪のない話である。

＊　＊　＊　＊　＊　＊

その歳《とし》の秋であった。

僕の国は盆踊《ぼんおどり》[4]の盛《さかん》な国であった。旧暦の盂蘭盆《うらぼん》[5]が近づいて来ると、今年は踊が禁ぜられるそうだという噂があった。しかし県庁で他所産《たしょうまれ》の知事さんが、僕の国のものに逆《さか》うのは好くないというので、黙許《もっきょ》するという事になった。

内《うち》から二三丁《ちょう》[6]ばかり先は町《まち》である。そこに屋台が掛かっていて、夕方になると、踊の囃子《はやし》をするのが内へ聞える。

踊を見に往《い》っても好《い》いかと、お母《かあ》様に聞くと、早く戻るなら、往っても好いということであった。そこで草履《ぞうり》を穿《は》いて駈け出した。

これまでも度々《たびたび》見に往ったことがある。もっと小さい時にはお母様が連れて行って見せて下すった。踊るものは、表向は町のものばかりというのであるが、皆頭巾《ずきん》で顔を隠して踊るのであるから、侍の子が沢山踊りに行く。中には男で女装したのもある。

女で男装したのもある。頭巾を着ないものは百眼《ひゃくまなこ》[7]というものを掛けている。西洋でする Carneval[8] は一月で、季節は違うが、人間は自然に同じような事を工夫し出すものである。西洋にも、収穫の時の踊は別にあるが、その方には仮面を被《かぶ》ることはないようである。

大勢が輪になって踊る。覆面をして踊りに来て、立って見ているものもある。見ていて、気に入った踊手のいる処《ところ》へ、いつでも割り込むことが出来るのである。

僕は踊を見ているうちに、覆面の連中の話をするのがふいと耳に入った。識《し》りあいの男二人と見える。

「あんたあゆうべ愛宕《あたご》[9]の山へ行きんさったろうがの。」

1　(英)オペラ等を鑑賞するための小型双眼鏡。　2　(仏)舞踏。　3　薄く織った織物。紗《しゃ》や絽《ろ》など。　4　元来は盂蘭盆《うらぼん》の儀式として行なわれた集団による舞踊。のち民衆娯楽として発達し、男女が知り合う貴重な機会でもあった。　5　旧暦七月十五日に行なう仏事。祖先の霊を迎え、冥福を祈る読経などが行なわれる。　6　距離の単位で、一丁は六十間《けん》、約一〇九メートル。町とも表記する。　7　横長の厚紙の目にあたる部分に穴をあけ、眉などを書いて顔につける玩具。一種の仮面。　8　謝肉祭。カーニバル。カトリック教の国で行なわれる祝祭で、この期間は道化・滑稽・歓楽が許されるので特別にぎやかになる。　9　津和野近郊の山と推定される。盆踊で親しくなった男女が集う場所。

「嘘を言いんさんな。」

「いいや。何でも行きんさったちゅう事じゃ。」

こういうような問答をしていると、今一人の男が側から口を出した。

「あそこにゃあ、朝行って見ると、[1]いろいろな物が落ちておるげな。」

跡《あと》は笑声《わらいごえ》になった。僕は穢《きたな》い物に障《さわ》ったような心持《こころもち》がして、踊《おどり》を見るのをやめて、内《うち》へ帰った。

＊ ＊ ＊ ＊ ＊ ＊

十一になった。

お父様《とう》が東京へ連れて出て下すった。お母様《かあ》は跡に残ってお出《いで》なすった。いつも手伝に来る婆《ば》あさんが越して来て、一《いっ》しょにいるのである。少し立てば、跡から行くということであった。多分家屋敷が売れるまで残ってお出《いで》なすったのであろう。

旧藩の殿様のお邸《やしき》が[2]向島《むこうじま》にある。お父様はそこのお長屋のあいているのにはいって、婆あさんを一人雇って、御飯を焚《た》かせて暮らしてお出になる。

お父様は毎日出て、晩になってお帰《かえり》になる。僕の行く学校をも捜して下さるということであった。お父様がお出掛《でかけ》になると、二十《はたち》ばかりの[3]上《かみ》さんが勝手口へ来て、前掛を膨らませて帰って行く。これは婆あさんが米を盗んで、娘に持たせて遣《や》るのであった。後にお母様がお出になって、この事が知れて、婆あさんは逐《お》い出《だ》された。僕はよほどぼんやりした小僧であった。

一しょに遊んでくれる子供もない。[4]家職《かしょく》のものの息子で、年が二つばかり下なのがいたが、初《はじめ》て逢った日に、お邸の池の鯉を釣ろうと云《い》ったので、嫌《いや》になって一しょに遊ばない事にした。[5]家扶《かふ》の娘の十二三になるのを頭《かしら》にして、娘が二三人いたが、僕を見ると遠い処《ところ》から指ざしなんぞをして、囁《ささや》きあって笑ったり何かする。これも嫌な女どもだと思った。

御殿《ごてん》のお[6]次《つぎ》に行って見る。[7]家従《かじゅう》というものが二三人控えている。大抵烟草《たばこ》を飲んで雑談をしている。おれがいても、別に邪魔にもしない。そこで色々な事を聞いた。最もしばしば話の中に出て来るのは[8]吉原《よしわら》という地名と[9]奥山《おくやま》という地名とである。吉

1 脱ぎ捨てられた衣類などか。 2 隅田川東岸の地名。浅草から見て隅田川の向こう岸に島のように見えたところからそう呼ばれた。現・東京都墨田区。 3 主として商人や職人などの妻、主婦のこと。 4 大名などの大家《たいけ》でその家の事務をする人。 5 華族などの家の事務や会計を司る人。家令の次席にあたる。 6 次の間《ま》のこと。主君の居室に続く部屋で、家臣が伺候していた。 7 家扶の次席。 8 旧・浅草区(現・台東区)千束《せんぞく》にあった遊郭街を指す。 9 浅草観音堂裏手・第五区付近の、江戸中期以来の俗称。見世物小屋や楊弓場《ようきゅうば》、大道芸などに終日多くの人が集まっていた。

原は彼等の常に夢みている天国である。そしてその天国の荘厳《しょうごん》が、幾分《いくぶん》かお邸《やしき》の力で保たれているということである。家令《かれい》はお邸の金を高い利で吉原のものに貸す。その縁故で彼等が行くと、特に優待せられるそうだ。そこで手ん手《てんで》[1]に吉原へ行った話をする。聞いていても半分は分らない。また半分位《くらい》分るようであるが、それがちっとも面白くない。中にはこんな事をいう男がある。

「こんだあ、あんたを連れて行って上《あ》ぎょうかあ。綺麗《きれい》な女郎《じょうろ》が可哀《かわい》がってくれるぜえ。」

そういう時にはみんなが笑う。

奥山の話は榛野《はんの》という男の事に連帯して出るのが常になっている。家従どもは大抵菊石《あばた》[2]であったり、獅子鼻《ししばな》であったり、反歯《そっぱ》[3]であったり、満足な顔はしていない。それと違って榛野というのは、色の白い、背の高い男で、髪を長くして、油を附けて、項《うなじ》まで分けていた。この男は何という役であったか知らぬが、まず家従どもの上席位《くらい》の待遇を受けて、文書の立案というような事をしていた。家従どもはこんな事を言う。

「榛野さあのように大事にしてもらわれれば、こっちとらも奥山へ行くけえど、銭《ぜに》う払うて楊弓《ようきゅう》[4]を引いても、ろくに話もしてくれんけえ、ほんつまらんいのう。」

榛野はこの仲間の Adonis[5] であった。そして僕はほどなくこの男のために Aphrodite[6] たり、また Persephone[7] たる女子《おなご》どもを見ることを得たのである。

お庭の蟬の声の段々やかましゅうなる頃《ころ》であった。お父様の留守にぼんやりしていると、涅麻《くりそ》という家従が外から声を掛けた。

「しずさあ。居《お》りんさるかあ。今からお使《つかい》に行くけえ、一《いっ》しょに来《き》んされえ。浅草[8]の観音様に連れて行って上《あ》ぎょう。」

観音様へはお父様が一度連れて行って下すったことがある。僕は喜んで下駄を引っ掛けて出た。

吾妻橋《あずまばし》[9]を渡って、並木《なみき》[10]へ出て買物をした。それから引き返して、中店《なかみせ》[11]をぶらぶら歩

1 それぞれに。めいめいに。 2 痘瘡《とうそう》が治癒した後に残る跡。 3 「そりは」の音便。前歯が前方にそり出たもの。出っ歯。 4 遊戯用の小弓。長さ二尺八寸(約八五センチメートル)、的から七間半(約一三・五メートル)の距離から射る。江戸時代から明治にかけて民間で流行。「楊弓場」は料金を取って遊戯させる場所で、美しい女性を店頭に置き客寄せとした。 5 アドニス。ギリシア神話でアフロディーテに愛された美少年。ここでは仲間から羨ましがられる存在。 6 アフロディーテ。ギリシア神話の美を司《つかさど》る女神。 7 ペルセフォーネ。ギリシア神話の女神。生成豊穣とともに死と死霊を司る。アドニスを死(破滅)に至らしめる女性を暗示。 8 現・台東区浅草二丁目にある金龍山浅草寺を指す。七世紀の創建で江戸時代には徳川将軍家祈願所となる。 9 隅田川にかかる橋で現在の墨田区

いた。亀の形をしたおもちゃの糸で吊《つる》したのを、沢山持って、「器械の亀の子、選《よ》り取《ど》った選り取った」などと云《い》っている男がある。亀の首や尾や四足がぶるぶると動いている。涅麻《くりそ》は絵草紙屋《えぞうしや》[1]の前に立ち留《どま》った。おれは西南戦争の錦絵[2]を見ていると、涅麻は店前《みせさき》に出してある、帯封《おびふう》[3]のしてある本を取り上げて、店番の年増《としま》にこう云うのである。

「お上《かみ》さん。これを騙《だま》されて買って行く奴《やつ》がまだありますか。はははは。」

「それでもちょいちょい売れますよ。一向《いっこう》つまらない事が書いてあるのでございますが。おほほほ。」

「どうでしょう。本当のを売ってくれませんかね。」

「御笑談《ごじょうだん》を仰《おっし》ゃいます。なかなか当節は警察がやかましゅうございまして。」

帯封の本には、表紙に女の顔が書いてあって、その上に「笑い本」[4]と大字で書いてある。これはその頃《ころ》絵草紙屋にあっただまし物である。中には一口噺《ひとくちばなし》か何かを書いて、わざと秘密らしく帯封をして、かの可笑《おか》[5]しな画《え》を欲しがるものに売るのである。

僕は子供ではあったが、問答の意味をおおよそ解した。しかしその問答の意味よりは、涅麻の自在に東京詞《ことば》[6]を使うのが、僕の注意を引いた。そして涅麻は何故《なぜ》これほど東京詞が使えるのに、お屋敷では国詞《くにことば》[7]を使うだろうかということを考えて見た。国もの同志で国詞を使うのは、固《もと》より当然である。しかし涅麻が二枚の舌を使うのは、そのためばかりではないらしい。彼は上役の前で[8]淳樸《じゅんぼく》を装うために国詞を使うのではあるまいか。僕はその頃からもうこんな事を考えた。僕はぼんやりしているかと思うと、また余り無邪気でない処《ところ》のある子であった。

[9]観音堂に登る。僕の物を知りたがる欲は、僕の目を、ただ真黒《まっくろ》な格子《こうし》の奥の、蠟燭《ろうそく》の光の覚束《おぼつか》ない辺に注がせる。蹲《しゃが》んで、体を鰕《えび》のように曲げて、何かぐずぐず云って祈っている爺《じい》さん婆《ば》あさんたちの背後《うしろ》を、堂の東側へ折れて、おりおりかちゃかちゃ

と台東区をつなぐ。鉄橋化は明治二十(一八八七)年なので、この時点(金井十一歳の回想で明治十年)では木製の橋。10 浅草寺・雷門《かみなりもん》前の並木通り。様々な商店が並び人の往来が盛んだった。11「仲見世」とも書く。浅草観音堂へ続く参道の両側に土産物店などが並び常に賑わう商店街。

1 絵草紙は草双紙《くさぞうし》とも呼び、挿絵入りの通俗的な読み物。「絵草紙屋」は絵草紙の他に浮世絵や諷刺画、また男女の性的な戯れを描いた春画や春本も扱い、学問書・教養書・宗教書等を販売する「本屋」とは区別された。2 浮世絵のこと。ここでは「田原坂《たばるざか》激戦之図」等の写実的な絵を指すか。3 本の中を読ませないために紙を着物の帯のように巻いたもの。4「笑い絵」(春画・枕絵)を載せた本の意味で、春画本のこと。頭文字から「わじるし」とも呼ぶ。5 春画のこと。6 東京で一般に使われていた言葉。7 その土地の言葉。方言。8 飾り気が無く素直なこと。「純朴」と同じ。9 浅草寺の観音堂。三代将軍徳川家光が建立。当時のものは昭和二十(一九四五)年戦災で焼失。

という賽銭《さいせん》の音を聞き棄てて堂を降りる。

この辺には乞食が沢山いた。その間《あいだ》に、五色の沙《すな》で書画をかいて見せる男がある。少し広い処《ところ》に、大勢の見物が輪を作って取り巻いているのは、居合《いあい》ぬきである。涅麻《くりそ》と一《いっ》しょに暫《しば》く立って見ていた。刀が段々に掛けてある。下の段になるだけ長いのである。色々な事を饒舌《しゃべ》っているが、なかなか抜かない。そのうち涅麻が、つと[1]退《の》くから、何か分からずに附いて退いた。振り返って見れば、銭[2]を集める男が、近処《きんじょ》へ来ていたのであった。

楊弓店《ようきゅうてん》のある、狭い巷《こうじ》に出た。どの店にもお白《しろ》いを附けた女のいるのを、僕は珍らしく思って見た。お父様はここへは連れて来なかったのである。僕はこの女たちの顔について、不思議な観察をした。彼等の顔は当前《あたりまえ》の人間の顔ではないのである。今まで見た、普通の女とは違って、皆一種の stereotype[3] な顔をしている。僕の今の詞《ことば》を以て言えば、この女たちの顔は凝結《ぎょうけつ》した表情を示しているのである。僕はその顔を見てこう思った。何故《なぜ》皆揃ってあんな顔をしているのであろう。子供に好《い》い子をおしというと、変な顔をする。この女たちは、皆その子供のように、変な顔をしている。眉はなるたけ高く、甚《はなは》だしきは髪の生際《はえぎわ》まで吊《つ》るし上げてある。目をなるたけ大きく瞠《みは》っている。物を言っても笑っても、鼻から上を動かさないようにしている。どうして言い合せたように、こんな顔をしているだろうと思った。僕には分からなかったが、これは売物の顔であった。これは prostitution[4] の相貌《そうぼう》であった。

女はやかましい声で客を呼ぶ「ちいと、旦那」というのが尤《もっと》も多い。「ちょいと」とはっきり聞えるのもあるが、多くは「ちいと」と聞える。「紺足袋《こんたび》の旦那」なんぞと云《い》う奴《やつ》もある。涅麻は紺足袋を穿《は》いていた。

「あら、涅麻さん。」

一際《ひときわ》鋭い呼声がした。涅麻はその店にはいって腰を掛けた。僕は呆《あき》れて立って見ていると、涅麻が手真似で掛けさせた。円顔《まるがお》の女である。物を言うと、薄い唇の間から、[5]鉄漿《かね》を剝《は》がした歯が見える。長い[6]烟管《きせる》に烟草《たばこ》を吸い附けて、吸口《すいくち》を袖で拭いて、例の鼻から上を動《うご》かさずに、涅麻に出す。

「何故《なぜ》拭くのだ。」

「だって失礼ですから。」

1 さっと。急に。 2 大道芸で、演じる者と別に見物客からお金を徴収する係。 3 (英)ステレオタイプ。型にはまって同じであること。 4 (英)売春。 5 「鉄漿」はお歯黒の別称。お歯黒は女性が成人や結婚に際して歯を黒く染める風習。この場合は一度結婚した女性が客の相手をするため染めを落とした様子。 6 刻みたばこを吸うための道具。

「榛野《はんの》でなくっては、拭かないのは飲ましてもらえないのだね。」

「あら、榛野さんにだっていつでも拭いて上《あ》げますさあ。」

「そうかね。拭いて上げるかね。」

こんな風な会話である。詞《ことば》が二様の意義を有している。涅麻《くりそ》は僕がその第二の意義に対して、何等の想像をも画《えが》き得るものとは認めていない。女も僕をば空気の如くに取り扱っている。しかし僕には少しの不平も起らない。僕はこの女は嫌《いや》であった。それだから物なんぞを言ってもらいたくはなかった。

涅麻が楊弓《ようきゅう》を引いて見ないかと云《い》ったが、僕は嫌だと云った。

涅麻は間《ま》もなく楊弓店を出た。それから猿若町《さるわかちょう》[1]を通って、橋場《はしば》[2]の渡《わたし》を渡って、向島のお邸《やしき》に帰った。

同じ頃《ころ》の事であった。家従たちの仲間に、銀林という針医がいて、折々彼等の詰所に来て話していた。これはお上《かみ》のお療治に来るので、お国ものではない。江戸児《えどっこ》である。家従は大抵三十代の男であるのに、この男は四十を越していた。僕は家従等に比べると、この男がよほど賢いと思っていた。

或《あ》る日銀林は銀座の方へ往《い》くから、連れて行って遣《や》ろうと云った。その日には用を済ませてから、銀林が京橋[3]の側の寄席《よせ》[4]に這入《はい》った。

昼席であるから、余り客が多くはない。上品に見えるのは娘を連れた町家《まちや》のお上《かみ》さんなどで、その外《ほか》多くは職人のような男であった。

高座《こうざ》には話家《はなしか》が出て饒舌《しゃべ》っている。[5]徳三郎という息子が象棋《しょうぎ》をさしに出ていた。夜が更《ふ》けて帰って、[6]閉出《しめだし》を食った。近所の娘が一人やはり同じように閉出を食っている。娘は息子に話し掛ける。息子がおじの内《うち》へ往って留《と》めてもらうより外《ほか》はないと云うと、娘が一《いっ》しょに連れて行ってくれろと頼む。息子は聴かずにずんずん行くが、娘は附いて来る。おじは[7]通物《とおりもの》である。通物とは道義心の lax[8] なる人物ということと見える。息子が[9]情人《じょうじん》を連れて来たものと速断する。息子が弁解するのを、恥かしいので言《げん》を左右に托《たく》しているのだと思う。息子に恋慕している娘は、[10]物怪《もっけ》の幸《さいわい》と思っている。そこで

1 現・台東区浅草六丁目の旧名。天保の改革により市内の芝居小屋がすべて集められた。中村・市村・森田の「猿若三座」が人気を集め、現在まで続く浅草六区の原点となった。 2 隅田川の渡し舟があった場所。現・台東区橋場。 3 東京の地名。明治十一(一八七八)年の区制施行の際に京橋区が生まれた。現・中央区。 4 落語・講談などを見せる興行小屋。 5 以下は『宮戸川』という外題(題名)の落語の内容。宮戸川は隅田川の古称。 6 江戸では夜間不審者の侵入を防ぐために各町内に木戸が設置されていた。「閉出」は、夜、門限を過ぎて木戸が閉まり自分の住む町に帰れなくなった状態のこと。 7 通人《つうじん》。人情をよく知りさばけている人。 8 (英)ゆるんだ。てぬるい。 9 愛人。
10 「物怪」は思いがけないこと。意外な幸福。

二人はおじに二階へ追い上げられる。夜具《やぐ》は一人前しかない。解いた帯を、縦に敷布団の真中《まんなか》に置いて、跡《あと》から書くので譬喩《ひゆ》[1]がanachronism[2]になるが、樺太《からふと》を両分したようにして、二人は寝る。さて一寝《ひとね》入《いり》して目が醒《さ》めて云々《うんぬん》というのである。僕の耳には、まだ東京の詞《ことば》は慣れていないのに、話家《はなしか》はぺらぺらしゃべる。僕は後に西洋人の講義を聞き始めた時と同じように、一《いっ》しょう懸命に注意して聴いていると、銀林は僕の顔を見て笑っている。

「どうです。分かりますかい。」

「うむ。大抵分かる。」

「大抵分かりゃあ沢山だ。」

今までしゃべっていた話家が、起《た》って腰を屈《かが》めて、高座《こうざ》の横から降りてしまうと、入り替って第二の話家が出て来る。「替りあいまして替り栄《ばえ》も致しません」[4]と謙遜する。「殿方のお道楽はお女郎買でございます」と破題《はだい》[3]を置く。それから職人がうぶな男を連れて吉原へ行くという話をする。これは吉原入門ともいうべき講義である。僕は、なるほど東京という処《ところ》は何の知識を攫得《かくとく》するにも便利な土地だ、と感歎《かんたん》して聴いている。僕はこの時「おかんこを頂戴する」[5]という奇妙な詞を覚えた。しかしこの詞には、僕はその後《ご》寄席以外では、どこでも遭遇しないから、これは僕の記憶に無用な負担を賦課した詞の一つである。

＊　＊　＊　＊　＊　＊

同じ年の十月頃、僕は[6]本郷壱岐坂《ほんごういきざか》にあった、[7]独逸語《ドイツご》を教える私立学校にはいった。これはお父様《とう》が僕に鉱山学をさせようと思っていたからである。向島《むこうじま》からは遠くて通われないというので、その頃神田小川町《かんだおがわまち》に住まっておられた、お父様の先輩の[8]東《あずま》先生という方の内《うち》に置いてもらって、そこから通った。

東先生は洋行がえりで、[9]摂生《せっせい》のやかましい人で、盛《さかん》に肉食をせられる外《ほか》には、別に贅沢はせられない。ただ酒を随分飲まれた。それも役所から帰って、晩の十時か十一時まで飜訳《ほんやく》なんぞをせられて、その跡で飲まれる。奥さんは[10]女丈夫《じょじょうふ》である。今から思

1 比喩、たとえ。 2 （英）アナクロニスム、時代錯誤。樺太（現在のサハリン）の北緯五十度以南が日本領になったのは日露戦争後の明治三十八（一九〇五）年以降であるのに、それを金井が十一歳の時聴いた落語の情景説明に用いているので、明らかな時代錯誤。鷗外は小説『藤鞆絵《ふじともえ》』でも樺太のたとえを用いている。 3 いきなり主題を述べること。 4 『あけがらす』という落語の内容。 5 「かんこ」は女性器の隠語。全体で性的関係を意味する。 6 文京区本郷にある坂で、近くに小笠原壱岐守の下屋敷があったことから「壱岐殿坂」と呼ばれ、明治になり壱岐坂となった。 7 壱岐坂にあった進文学舎《しんぶんがくしゃ》のこと。 8 西周《にしあまね》（一八二九―九七）がモデル。津和野藩の先輩で互いの家も近く親戚でもあった。鷗外は明治五（一八七二）年十月から神田小川町（現・千代田区）の西周宅に寄寓して通った。

えば、当時の大官《たいかん》であの位《くらい》[1]閨門《けいもん》のおさまっていた家は少《すくな》かろう。お父様は好い内《うち》に僕を置いて下すったのである。

僕は東先生の内にいる間《あいだ》、性欲上の刺戟《しげき》を受けたことは少しもない。強《し》いて記憶の糸を手繰《たぐ》って見れば、あるときこういう事があった。僕の机を置いているのは、応接所と台所との間であった。日が暮れて、まだ下女がランプを点《つ》けて来てくれない。僕はふいと立って台所に出た。そこでは書生と下女とが話をしていた。書生はこういうことを下女に説明している。女の器械は何時でも用に立つ。心持《こころもち》に関係せずに用に立つ。男の器械は用立つ時と用立たない時とある。好《すき》だと思えば跳躍する。嫌《いや》だと思えば[2]萎靡《いび》して振《ふる》わないというのである。下女は耳を真赤《まっか》にして聴いていた。僕は不愉快を感じて、自分の部屋に帰った。

学校の課業はむつかしいとも思わなかった。お父様に英語を習っていたので、[3]Adlerとかいう人の字書を使っていた。独英と英独との二冊になっている。退屈した時には、[4]membre という語を引いて[5]Zeugungsglied という語を出したり、[6]pudenda という語を引いて[7]Scham という語を出したりして、ひとりで可笑《おか》しがっていたこともある。しかしそれも性欲に支配せられて、そんな語を面白がったのではない。人の口に上《のぼ》せない隠微《いんび》の事として面白がったのである。それだから同時に[8]fart という語を引いてFurz[9]という語を出して見て記憶していた。あるとき独逸人の教師が化学の初歩を教えていて、硫化水素[10]をこしらえて見せた。そしてこの瓦斯《ガス》を含んでいるものを知っているかと問うた。一人の生徒がfaule Eier[11]と答えた。いかにも腐った卵には同じ臭《におい》がある。まだ何かあるかと問うた。僕が起立して声高く叫んだ。

『Furz!』

『Was? Bitte, noch einmal!』[12]

『Furz!』

教師はやっと分かったので顔を真赤にして、そんな詞《ことば》を使うものではないと、懇切に教えてくれた。

学校には寄宿舎がある。授業が済んでから、寄って見た。ここで始《はじめ》て男色[13]というこ

9　健康に注意すること。　10　気が強くてしっかりしている女。女傑。

1　家庭内の風紀。当時は主人の家族と使用人との関係が乱れている家庭も少なくなかった。　2　萎《な》えしおれること。　3　アドラー（一八二一―一六八）。ドイツの文献学者。　4　(英)男性の生殖器。　5　(独)注4と同じ。　6　(英)女性の生殖器。　7　(独)注6と同じ。　8　(英)屁、おなら。　9　(独)注8と同じ。　10　硫黄と水素の化合物。有毒な無色の気体で「腐乱した卵の臭い」と形容される。　11　(独)腐った卵。　12　(独)何、もう一度言ってください。　13　男性の同性愛。

とを聞いた。僕なんぞと同級で、毎日馬に乗って通って来る蔭小路《かげのこうじ》という少年が、彼等寄宿生たちの及ばぬ恋の対象物である。蔭小路は余り課業は好く出来ない。薄赤い頰《ほ》っぺたがふっくりと膨らんでいて、可哀《かわい》らしい少年であった。その少年という詞《ことば》が、男色の受身という意味に用いられているのも、僕のためには新智識であった。僕に帰り掛《がけ》に寄って行けと云《い》った男も、僕を少年視していたのである。二三度寄るまでは、馳走をしてくれて、親切らしい話をしていた。その頃《ころ》書生の金平糖《こんぺいとう》といった弾豆《はじけまめ》、書生の羊羹《ようかん》といった焼芋などを食わせられた。但《ただ》しその親切は初《はじめ》から少し粘《ねばり》があるように感じて、嫌《いや》であったが、年長者に礼を欠いではならないと思うので、忍んで交際していたのである。そのうちに手を握る。頰摩《ほおずり》をする。うるさくてたまらない。僕にはUrning[1]たる素質はない。もう帰り掛に寄るのが嫌になったが、それまでの交際の惰力で、つい寄らねばならないようにせられる。ある日寄って見ると床《とこ》が取ってあった。その男がいつもよりも一層うるさい挙動をする。血が頭に上って顔が赤くなっている。そしてとうとう僕にこう云った。

「君、ちょっとだからこの中へ這入《はい》って一《いっ》しょに寝給《ねたま》え。」

「僕は嫌だ。」

「そんな事を言うものじゃない。さあ。」

僕の手を取る。彼が熱して来れば来るほど、僕の厭悪《えんお》と恐怖とは高まって来る。

「嫌だ。僕は帰る。」

こんな押問答をしているうちに、隣の部屋から声を掛ける男がある。

「だめか。」

「うむ。」

「そんなら応援して遣《や》る。」

隣室から廊下に飛び出す。僕のいた部屋の破障子《やぶれしょうじ》をがらりと開《あ》けて跳《おど》り込む。この男は粗暴な奴で、僕は初から交際しなかったのである。この男は少《すく》くも見かけの通《とおり》の奴《やつ》で、僕を釣った男は偽善者であった。

「長者[2]の言うことを聴かなけりゃあ、蒲団蒸《ふとんむし》[3]にして懲《こら》して遣れ。」

手は詞と共に動いた。僕は布団を頭から被《かぶ》せられた。一《いっ》しょう懸命になって、跳《は》ね返そうとする。上から押《おさ》える。どたばたするので、書生が二三人覗《のぞ》きに来た。「よせよせ」などという声がする。上から押える手が弛《ゆる》む。僕はようよう跳ね起きて逃げ出した。その時書物の包《つつみ》とインク壺とをさらって来たのは、我ながら敏捷《びんしょう》であったと思

1 (独)男色者。　2 年長の者。　3 こらしめやいたずらのために人を蒲団で包みおさえこむこと。

った。僕はそれからは寄宿舎へは往《い》かなかった。

その頃《ころ》僕は土曜日ごとに東先生の内《うち》から、向島のお父様の処《ところ》へ泊りに行って、日曜日の夕方に帰るのであった。お父様は或《あ》る省の[1]判任官になっておられた。僕はお父様に寄宿舎の事を話した。[2]定《さだ》めてお父様はびっくりなさるだろうと思うと、少しもびっくりなさらない。

「うむ。そんな奴《やつ》がおる。これからは気を附けんといかん。」

こう云《い》って平気でおられる。そこで僕は、これも[3]嘗《な》めなければならない辛酸の一つであったということを悟った。

＊　＊　＊　＊　＊　＊

十三になった。

去年お母《かあ》様がお国からお出《いで》になった。

今年の初《はじめ》に、今まで学んでいた独逸語《ドイツご》を廃《や》めて、[4]東京英語学校にはいった。これは文部省の学制が代《かわ》ったのと、僕が哲学を遣《や》りたいというので、お父《とう》様にねだったとのためである。東京へ出てから少しの間独逸語を遣ったのを無駄骨を折ったように思ったが、後になってから大分役に立った。

僕は寄宿舎ずまいになった。生徒は十六七位《くらい》なのがごく若いので、多くは二十代である。服装はほとんど皆小倉《こくら》の袴《はかま》に紺足袋《こんたび》である。袖は肩の辺までたくし上げていないと、惰弱《だじゃく》だといわれる。

寄宿舎には貸本屋の出入《でいり》が許してある。僕は貸本屋の常得意《じょうとくい》であった。[5]馬琴《ばきん》を読む。[6]京伝《きょうでん》を読む。人が[7]春水《しゅんすい》を借りて読んでいるので、又借《またがり》をして読むこともある。自分が[8]梅暦《うめごよみ》の丹治郎《たんじろう》のようであって、お蝶のような娘に慕われたら、愉快だろうというような心持《こころもち》が、始《はじめ》てこの頃萌《きざ》した。それと同時に、同じ小倉袴紺足袋の仲間にも、色の白い目鼻立《めはなだち》の好い生徒があるので、自分の醜男子《しゅうだんし》なることを知って、所詮《しょせん》女には好かれないだろうと思った。この頃から後は、この考《かんがえ》が永遠に僕の意識の底に潜伏して

1　奏任官(勅裁を経て任官される官吏)の次の位で、本属長官により任命される官吏。鷗外の小説『半日』の高山博士の父も判任官として描かれている。　2　必ず。きっと。　3「辛酸を嘗める」は、苦しいことを経験するという意味の慣用句。　4　明治七(一八七四)年に東京外国語学校の英語科が分離して成立し、十年に東京大学予備門となった(ただし鷗外は医学校の予科から本科に進学しているので実際は在学していない)。　5　滝沢馬琴(一七六七―一八四八)。江戸後期の読本作者。代表作に『南総里見八犬伝《なんそうさとみはっけんでん》』『近世説美少年録《きんせいせつびしょうねんろく》』等。　6　山東京伝(一七六一―一八一六)。江戸中期の洒落本作者。代表作に『桜姫全伝曙草紙《さくらひめぜんでんあけぼのぞうし》』等。　7　為永春水(一七九〇―一八四三)。江戸後期の人情本作者。代表作に『春色梅暦《しゅんしょくうめごよみ》』『春色辰巳園《たつみのその》』等。　8『春色梅暦』を指す。主人公丹治郎とお蝶を中心とした恋愛が描かれる。

いて、僕に十分の得意ということを感ぜさせない。そこへ年齢の不足ということが加勢して、何事をするにも、友達に暴力で圧せられるので、僕は陽に屈服して陰に反抗するという態度になった。兵家《へいか》1 Clausewitz は受動的抵抗《こうてい》2を弱国の応に取る《まさ》べき手段だと云《い》って居る。僕は先天的失恋者で、そして境遇上の弱者であった。

性欲的に観察して見ると、その頃《ころ》の生徒仲間には軟派《なんぱ》3と硬派《こうは》とがあった。軟派は例の可笑《おか》しな画《え》を看《み》る連中である。その頃の貸本屋は本を竪《たて》に高く積み上げて、笈《おいづる》のようにして背負って歩いた。その荷の土台になって居る処《ところ》が箱であって抽斗《ひきだし》が附いている。この抽斗が例の可笑しな画を入れて置く処に極《き》まっていた。中には貸本屋に借る外《ほか》に、蔵書としてそういう絵の本を持っている人もあった。硬派は可笑しな画なんぞは見ない。平田三五郎という少年の事を書いた写本があって、それを引張《ひっぱ》り合って読むのである。鹿児島の塾なんぞでは、これが毎年元旦に第一に読む本になっているということである。三五郎という前髪《まえがみ》4と、その兄分の鉢鬢奴《ぱちびんやっこ》5との間の恋の歴史であって、嫉妬がある。鞘当《さやあて》6がある。末段《まつだん》には二人が相踵《あいつ》いで戦死することになっていたかと思う。これにも挿画があるが、さほど見苦しい処はかいてないのである。

軟派は数に於《お》いては優勢であった。何故《なぜ》というに、硬派は九州人を中心としている。その頃の予備門7には鹿児島の人は少《すくな》いので、九州人というのは佐賀と熊本との人であった。これに山口の人の一部が加わる。その外《ほか》は中国一円から東北まで、悉《ことごと》く軟派である。

そのくせ硬派たるが書生の本色で、軟派たるは多少影護《うしろめた》[8]い処があるように見えていた。紺足袋《こんたび》小倉袴《こくらばかま》は硬派の服装であるのに、軟派もその真似をしている。ただ軟派は同じ服装をしていても、袖をまくることが少い。肩を怒らすることが少い。ステッキを持ってもステッキが細い。休日に外出する時なんぞは、そっと絹物を着て白足袋を穿《は》いたり何かする。

そしてその白足袋の足はどこへ向くか。芝《しば》、浅草の楊弓店《ようきゅうてん》、根津《ねづ》、吉原《よしわら》、品川《しながわ》など

1 クラウゼヴィッツ(一七八〇―一八三一)。ドイツの戦術研究家。鷗外はドイツ滞在中から研究し、明治三十四(一九〇一)年『戦論』を翻訳刊行している。 2 敵のしようと思うことをさせないこと。 3 ここでは、軟派は女性を恋愛の対象にする男性。硬派は女性を対象と考えない男性(男色)。 4 元服前の男性の髪型。すなわち少年のこと。 5 鉢(撥)鬢は江戸時代の男性の髪型。耳の上に三味線の撥の形に髪を残して、残りを剃り上げたもの。前髪より年長の青年がしている髪型。 6 原義は武士が往来で刀の鞘が当たったことが原因で争うこと。転じて二人が同じ恋愛対象を求めて争うこと。 7 明治十(一八七七)年に成立した東京大学入学者への準備教育機関で、正式名称は「東京大学予備門」。明治十九年に分離独立し、第一高等中学校、後に第一高等学校となった。現在の大学教養部に相当する学校。 8 やましいところがあるので気がひけること。

の[1]悪所《あくしょ》である。ふだん紺足袋《こんたび》で外出しても、軟派は好く町湯に行ったものだ。湯屋《ゆや》には硬派だって行くことがないではないが、行っても[2]二階へは登らない。軟派は二階を当《あて》にして行く。二階には必ず女がいた。その頃《ころ》の書生には、こういう湯屋の女と夫婦約束をした人もあった。下宿屋の娘なんぞよりは、無論一層下った[3]貨物《しろもの》なのである。

僕は硬派の犠牲であった。何故《なぜ》というのに、その頃の寄宿舎の中では、僕と埴生《はにゅう》庄之助という生徒とが一番年が若かった。埴生は江戸の目医者の子である。色が白い。目がぱっちりしていて、脣《くちびる》は朱を点じたようである。体はしなやかである。僕は色が黒くて、体が武骨で、その上田舎育《そだち》である。それであるのに、意外にも硬派は埴生を附け廻さずに、僕を附け廻す。僕の想像では、埴生は生れながらの軟派であるので免《まぬか》れるのだと思っていたのである。

学校に這入《はい》ったのは一月である。寄宿舎では二階の部屋を割り当てられた。同室は[4]鰐口弦《わにぐちゆずる》という男である。この男は晩学の方《ほう》であって、級中で最年長者の一人であった。白菊石《あばた》の顔が長くて、前にしゃくれた腮《あご》が尖っている。痩せていて背が高い。もしこの男が硬派であったら、僕は到底免れないのであったかと思う。

幸《さいわい》に鰐口は硬派ではなかった。どちらかと云《い》えば軟派で、女色の事は何でも心得ているらしい。さればとて普通の軟派でもない。軟派の連中は女に好かれようとする。

鰐口は固《もと》より好かれようとしたとて好かれもすまいが、女を土苴《つちづと》の如くに視《み》ている。女は彼のために、ただ性欲に満足を与える器械に過ぎない。彼は機会のあるごとにその欲を遂げる。そして彼のあくまで冷静なる眼光は、蛇の蛙《かわず》を覗《うかが》うように女を覗っていて、巧《たくみ》に乗ずべき機会に乗ずるのである。だから彼の醜を以てして、決して女に不自由をしない。その言うところを聞けば、女は金で自由になる物だ。女に好かれるには及ばないと云っている。

鰐口は女を馬鹿にしているばかりではない。あらゆる物を馬鹿にしている。彼の目中には神聖なるものが絶待的《ぜったい》にない。折々僕のお父様が寄宿舎に尋ねて来られる。お父様が、倅《せがれ》は子供同様であるから頼むと挨拶をなさると、鰐口はただはあはあと云って取り合わない。そして黙ってお父様の僕に訓戒をして下さるのを聞いていて、跡《あと》で声《こわ》いろを遣《つか》う。

「精出して勉強しんされえ。鰐口君でもどなたでも、長者の云いんさることは、聴

1　遊郭や芝居小屋のある場所。　2　当時の町湯（銭湯）には二階があり、湯女《ゆな》という売春婦がいた。　3　金銭に換えることのできる品物。そこから派生して遊女などを指す。　4　同級生で陸軍でも同僚であった谷口謙がモデルとされる。　5　肥料に用いる藁束《わらたば》。また、ごみ、くずのようなもの。　6　仏教用語で他に並ぶもののないこと。　7　役者や他人の話しぶりをまねする。

かにゃあいけんぜや。もし腑《ふ》に落ちんことがあるなら、どういうわけでそうせにゃならんのか、分りませんちゅうて、教えてもらいんされえ。わしはこれで帰る。土曜には待っとるから、来《き》んされえ。あはははは。」

それからはお父様の事を「来んされえ」と云《い》う。今日あたりはまた来んされえの来る頃《ころ》だ。また最中《もなか》にありつけるだろうなんぞと云う。人の親を思う情だからって何だからって、いたわってくれるということはない。「あの来んされえが君のおっかさんと孳尾《つる》[1]んで君を拵《こしら》えたのだ、あはははは」などと云う。お国の木戸《きど》にいたお爺《じい》さんと択《えら》[2]ぶことなしである。

鰐口《わにぐち》は講堂での出来は中くらいである。独逸人の教師は、答の出来ない生徒を塗板《とばん》[3]の前へ直立させて置く例になっていた。或《あ》るとき鰐口が答が出来ないので、教師がそこに立っていろと云った。鰐口は塗板に背中を持たせて空《そら》[4]を嘯《うそぶ》いた。塗板はがたりと鳴った。教師は火のようになって怒って、とうとう幹事[5]に言って鰐口を禁足《きんそく》[6]にした。しかしそれからは教師も鰐口を憚《はばか》[7]っていた。

教師が憚るくらいであるから、級中鰐口を憚らないものはない。鰐口は僕に保護を加えはしないが、鰐口のいる処《ところ》へ来て、僕に不都合な事をするものはない。鰐口は外出するとき、僕にこう云って出て行く。

「おれがおらんと、また穴《けつ》を覗《うかが》う馬鹿もの共が来るから、用心しておれ。」

僕は用心している。寄宿舎は長屋造であるから出口は両方にある。敵が右から来れば左へ逃げる。左から来れば右へ逃げる。それでも心配なので、あるとき向島の内《うち》から、短刀を一本そっと持って来て、懐《ふところ》に隠していた。

二月頃に久しく天気が続いた。毎日学課が済むと、埴生《はにゅう》と運動場へ出て遊ぶ。外《ほか》の生徒は二人が盛砂の中で角力《すもう》を取るのを見て、まるで[8]狗児《ちんころ》のようだと云って冷《ひや》かしていた。やあ、黒と白が喧嘩《けんか》をしている、白、負けるななどと声を掛けて通るものもあった。埴生と僕とはこんな風にして遊んでも、別に話はしない。僕は貸本をむやみに読んで、子供らしい空想の世界に住している。埴生は教場の外ではじっとしていない性《たち》なので、本なぞは読まない。一《いっ》しょに遊ぶと云えば、角力を取る位《くらい》のものであった。

或《あ》る寒さの強い日の事である。僕は埴生と運動場へ行って、今日は寒いから駆競《かけくら》にしようというので、駈競をして遊んで帰って見ると、鰐口の処へ、同級の生徒が二三

1「孳尾む」は、(鳥獣が)交尾すること。 2 少しも変わらない。 3 黒板。 4 そらとぼけた。知らん顔をした。 5 同音の「監事」(一般事務員)の意味で用いたか。 6 外出禁止の罰則。 7 ここでは大いに気を遣うという意。 8「狗《ちん》」は中国原産の小型犬で、顔面は平たく目が大きい。「ころ」は接尾語で、合わせて子犬の意。

人寄って相談をしている。間食の相談である。大抵間食は弾豆《はじけまめ》か焼芋で、生徒は醵金《きょきん》[1]をして、小使《こづかい》[2]に二銭の使賃《つかいちん》を遣《や》って、買って来させるのである。今日はいつもと違って、大《おお》いに奢《おご》[3]るというので、盲汁《めくらじる》[4]ということをするのだそうだ。てんでに出て何か買って来て、それを一《いっ》しょに鍋に叩《たた》き込んで食うのである。一人の男が僕の方を見て、金井はどうしようと云《い》った。鰐口《わにぐち》は僕を横目に見て、こう云った。

「芋を買う時とは違う。小僧なんぞは仲間に這入《はい》らなくても好《い》い。」

僕は傍《わき》を向いて聞かない振《ふり》をしていた。誰を仲間に入れるとか入れないとか云って、暫《しばら》く相談していたが、ほどなく皆出て行った。

鰐口の性質は平生《へいぜい》知っている。彼は権威に屈服しない。人と苟《いやしく》[5]も合うという事がない。そこまでは好《い》い。しかし彼が何物をも神聖と認めないために、傍《はた》のものが苦痛を感ずることがある。その頃《ころ》僕は彼の性質を刻薄《こくはく》[6]だと思っていた。それには、彼が漢学の素養があって、いつも机の上に韓非子《かんぴし》[7]を置いていたのも、与《あずか》って力があったのだろう。今思えば刻薄という評は黒星[8]に中《あた》っていない。彼はcynic[9]なのである。僕は後にTheodor Vischer[10]の書いたCynismusを読んでいる間、始終鰐口の事を思って読んでいた。Cynicという語は希臘《ギリシャ》のkyon犬という語から出ている。犬学などという訳語があるからは、犬的と云っても好《い》いかも知れない。犬が穢《きたな》いものへ鼻を突込みたがる如く、犬的な人は何物をも穢くしなくては気が済まない。そこで神聖なるものは認められないのである。人は神聖なるものを多く有しているだけ、弱点が多い。苦痛が多い。犬的な人に逢っては叶《かな》わない。

鰐口は人に苦痛を覚えさせるのが常《つね》になっている。そこで人の苦痛を何とも思わない。刻薄な処《ところ》はここから生じて来る。強者が弱者を見れば可笑《おか》しい。可笑しいと面白い。犬的な人は人の苦痛を面白がるようになる。

僕だって人が大勢集って煮食《にぐい》をするのを、ひとりぼんやりして見ているのは苦痛である。それを鰐口は知っていて、面白半分に仲間に入れないのである。

僕は皆が食う間外へ出ていようかと思った。しかし出れば逃げるようだ。自分の部屋であるのに、人に勝手な事をせられて逃げるのは残念だと思った。さればといって、口に唾《つば》の湧《わ》くのを呑み込んでいたら彼等に笑われるだろう。僕は外へ出て最中《もなか》を十銭

1 費用を出し合うこと。 2 学校や会社等で雑役に従事する人。用務員。 3 贅沢をする。 4 闇《やみ》鍋《なべ》のこと。 5 かりにも。 6 情け容赦のないこと。酷薄。 7 韓非は中国の戦国時代の韓の公子（紀元前二三三年没）。その著作が『韓非子』で、法律と刑罰が政治の基礎であると説く。 8 「黒星」は的の中央にある黒い点。よって、的を射ていない、の意。 9 （英）シニック。社会生活の伝統などを意識的に無視する冷笑的な態度。 10 フィッシャー（一八〇七―八七）。ドイツの哲学者。

買って来た。その頃《ころ》は十銭最中《もなか》を買うと、大袋に一《いっ》ぱいあった。それを机の下に抛《ほう》り込んで置いて、ランプを附けて本を見ていた。

その中盲汁《うちめくらじる》の仲間が段々帰って来る。炭に石油を打《ぶ》っ掛けて火をおこす。食堂へ鍋を取りに行く。醬油《しょうゆ》を盗みに行く。買って来た鰹節《かつおぶし》を搔《か》く。汁が煮え立つ。てんでに買って来たものを出して、鍋に入れる。一品鍋に這入《はい》るごとに笑声《わらいごえ》が起る。もう煮えたという。まだ煮えないという。鍋の中では箸の白兵戦《はくへいせん》1が始まる。酒はその頃唐物店《とうものみせ》2に売っていたgin3というのである。黒い瓶の肩の怒ったのに這入っている焼酎である。直段《ねだん》が安いそうであったから、定めて下等な酒であったろう。

皆が折々僕の方を見る。僕は澄まして、机の下から最中を一つずつ出して食っていた。

Ginが利《き》いて来る。血が頭へ上《のぼ》る。話が下《しも》へ下《さが》って来る。盲汁の仲間には硬派もいれば軟派もいる。軟派の宮裏《みやうら》が硬派の逸見《へんみ》にこう云《い》った。

「どうだい。逸見なんざあ、雪隠《せっちん》4へ這入って下の方《ほう》を覗《のぞ》いたら、僕なんぞが、裾《すそ》の間から緋縮緬《ひぢりめん》のちらつくのを見たときのような心持《こころもち》がするだろうなあ。」

逸見が怒るかと思うと大違《おおちがい》で、真面目に返事をする。

「そりゃあお情所《なさけどころ》5から出たものじゃと思うて見ることもあるたい。」

「あははは。女なら話を極《き》めるのに、手を握るのだが、少年はどうするのだい。」

「やっぱり手じゃが、こぎゃんして。」

と宮裏の手を摑《つか》まえて、手の平《ひら》を指で押して、承諾するときはその指を握るので、嫌《いや》なときは握らないのだと説明する。

誰やら逸見に何か歌えと勧めた。逸見は歌い出した。

「雲のあわやから鬼が穴《けっ》う突《つ》ん出して縄で縛るよな屁をたれた。」

[6]甚句《じんく》を歌うものがある。詩を吟ずるものがある。[7]覗機関《のぞきからくり》[8]口上《こうじょう》を真似る。声色《こわいろ》を遣《つか》う。そのうちに、鍋も瓶も次第に虚《から》になりそうになった。軟派の一人が、何か近い処《ところ》で好い物を発見したというような事を言う。そんなら今から往《い》こうというものがある。こないだ門限の五分前に出ようとして留《と》められたが、まだ十五分あるから大丈夫出られる。出てさえしまえば、明日《あした》証人の証書を持って帰れば好い。証書は、印の押

1 敵味方が白兵(刀や槍)を振るって入り乱れて戦うこと。ここでは食べ物を箸で争う様子。 2 外国製商品を売る店。 3 ジン。とうもろこしや大麦やライ麦から造られる蒸留酒。杜松《ねず》の実の香りが特徴的。 4 トイレの古称。 5 ここでは性器の意。 6 民謡の一種。七・七・七・五の四句から成る歌謡。 7 箱にのぞき穴を開けて、そこから人がのぞくと中の絵や写真を手動で入れ替える仕掛け。大道芸の一つ。 8 型にはまった説明の文句。

してある紙を貰《もら》って持っているから、出来るというような話になる。

盲汁《めくらじる》仲間はがやがやわめきながら席を起《た》った。鰐口《わにぐち》も一《いっ》しょに出てしまった。

僕は最中《もなか》にも食い厭《あ》きて、本を見ていると、梯子《はしご》を忍足《しのびあし》で上って来るものがある。[1]猟銃の音を聞き慣れた鳥は、猟人《かりゅうど》を近くは寄せない。僕はランプを吹き消して、窓を明けて屋根の上に出て、窓をそっと締《し》めた。露か霜か知らぬが、瓦《かわら》は薄じめりにしめっている。[2]戸袋《とぶくろ》の蔭《かげ》にしゃがんで、懐《ふところ》にしている短刀の欛《つか》をしっかり握った。

寄宿舎の窓は皆雨戸が締まっていて、小使《こづかい》部屋だけ障子《しょうじ》に明《あかり》がさしている。足音は僕の部屋に這入《はい》った。あちこち歩く様子である。

「今までランプが付いておったが、どこへ往《い》ったきゃんの。」

逸見《へんみ》の声である。僕は息を屏《つ》めていた。暫《しば》くして足音は部屋を出て、梯子を降りて行った。

短刀は幸《さいわい》に用立たずに済んだ。

* * * * * *

十四になった。

日課は相変らず苦にもならない。暇さえあれば貸本を読む。次第に早く読めるようになるので、馬琴や京伝のものはほとんど読み尽した。それから[3]よみ本というものの中で、外《ほか》の作者のものを読んで見たが、どうも面白くない。人の借りている人情本《にんじょうぼん》[4]を読む。何だか、男と女との関係が、美しい夢のように、心に浮ぶ。そして余り深い印象をも与えないで過ぎ去ってしまう。しかしその印象を受ける度《たび》ごとに、その美しい夢のようなものは、容貌《ようぼう》の立派な男女の享《う》ける福で、自分なぞには企《くわだ》て及ばない[5]というような気がする。それが僕には苦痛であった。

埴生《はにゅう》とはやはり一しょに遊ぶ。暮春《ぼしゅん》の頃《ころ》であった。月曜日の午後埴生と散歩に出ると、埴生が好い処《ところ》へ連れて行って遣《や》ろうと云《い》う。何処《どこ》だと聞けば、近処《きんじょ》の小料理屋なのである。僕はそれまで蕎麦屋や牛肉屋には行ったことがあるが、お父《とう》様に連れられて、飯を食いに王子《おうじ》[6]の扇屋《おうぎや》に這入った外《ほか》、御料理という看板の掛かっている家へ這入ったことがないのだから、ひどく驚いた。

「そんな処へ君はひとりで行けるか。」

「ひとりじゃあない。君と行こうというのだ。」

1 この一文は、常に用心深くして隙を見せない様子をいう。　2 雨戸を格納しておく場所。　3 江戸後期の小説の形態。草双紙(絵が主になっている小説)に対して文字を主にした漢字仮名交じりの小説。　4 江戸時代後期の小説の一種。江戸の町人の恋愛を主題とする。　5 到底無理であること。
6 桜の名所として有名な飛鳥山などがある、現・東京都北区(当時は王子町)の町。

「そりゃあ分かっている。僕がひとりというのは、大きい人に連れられずに行けるかというのだ。一体君はもう行ったことがあるのか。」

「うむ。ある。こないだ行って見たのだ。」

埴生《はにゅう》はすこぶる得意である。二人は暖簾《のれん》を潜《くぐ》った。「いらっしゃい」と一人の女中が云《い》って、僕等を見て、今一人の女中と目引《めひ》き袖引《そでひ》き[1]笑っている。僕は間《ま》が悪くて引き返したくなったが、埴生がずんずん這入《はい》るので、しかたなしに附いて這入った。

埴生は料理を誂《あつら》える。酒を誂える。君は酒が飲めるかというと、飲まなくても誂えるものだという。女中は物を運んで来る度《たび》に、暫《しばら》く笑いながら立って見ている。僕は堅くなって、口取《くちとり》[2]か何かを食っていると、埴生がこんな話をし出した。

「昨日《きのう》は実に愉快だったよ。」

「何だ。」

「おじの年賀[3]に呼ばれて行ったのだ。そうすると、芸者やお酌《しゃく》[4]が大勢来ていて、まだ外《ほか》のお客が集まらないので、遊んでいた。そのうちのお酌が一人、僕に一《いっ》しょに行って庭を見せてくれろと云うだろう。僕はそいつを連れて庭へ行った。池の縁《ふち》を廻って築山《つきやま》の処《ところ》へ行くと、黙って僕の手を握るのだ。それから手を引いて歩いた。愉快だったよ。」

「そうか。」

僕は[5]一語を讃することを得ない。そして僕の頭には例の夢のような美しい想像が浮んだ。なるほど埴生なら、綺麗《きれい》なお酌と手を引いて歩いても、好く似合うだろうと思った。埴生は美少年であるばかりではない。着物なぞも相応にさっぱりしたものを着ているのであった。

こう思うと共に、僕はその事が、いかにも自分には縁遠いように感じた。そして不思議にも、人情本なんぞを読んで空想に耽《ふけ》ったときのように、それが苦痛を感じさせなかった。僕はこの事実に出くわして、かえってそれを当然の事のように思った。

埴生は間《ま》もなく勘定をして料理屋を出た。察するに、埴生は女の手を握ったために祝宴を設けて、僕に馳走《ちそう》をしたのであったろう。

僕はその頃《ころ》の事を思って見ると不思議だ。何故《なぜ》かというに、人情本を見た時や、埴生がお酌と手を引いて歩いた話をした時浮んだ美しい想像は、無論恋愛の萌芽

1 隣の人の袖を引っ張って注意を向けさせる動作。近くにいる人と一緒に他者の言動を嘲笑する場合に用いられる。 2 「口取り肴《ざかな》」のこと。本料理の前に出てくるきんとんやかまぼこなどを盛り合わせた皿。 3 ここでは新年の祝いではなく、還暦や古稀などの長寿の祝賀。 4 芸者修行中の女性。 5 相手の話に花を添える言葉が言えないこと。

であろうと思うのだが、それがどうも性欲その物と密接に関聯《かんれん》していなかったのだ。性欲と云《い》っては、この場合には適切でないかも知れない。この恋愛の萌芽と[1]Copulationstrieb とは、どうも別々になっていたようなのである。

人情本を見れば、接吻が、西洋のなんぞとまるで違った性質の接吻が叙《じょ》してある。僕だって、恋愛と性欲とが関係していることを、[2]悟性《ごせい》の上から解せないことはない。しかし恋愛が懐かしく思われる割合には、性欲の方面は発動しなかったのである。

或《あ》る記憶に残っている事柄が、直接にそれを証明するように思う。僕はこの頃《ころ》[3]悪い事を覚えた。これは甚《はなは》だ書きにくい事だが、これを書かないようでは、こんな物を書く甲斐《かい》がないから書く。西洋の寄宿舎には、青年の生徒にこれをさせない用心に、両手を[4]被布団《きぶとん》の上に出して寝ろという規則があって、舎監が夜《よる》見廻るとき、その手に気を附けることになっている。どうしてそんな事を覚えたということは、はっきりとは分からない。あらゆる穢《きたな》いことを好んで口にする鰐口《わにぐち》が、いつもその話をしていたのは事実である。その外《ほか》、少年の顔を見る度《たび》に、それをするかと云い、小娘の顔を見る度に、或る体の部分に毛が生えたかと云うことを決して忘れない人は沢山ある。それが教育というものを受けた事のない[5]卑賤《ひせん》な男なら是非《ぜひ》がない。紳士らしい顔をしている男にそういう男が沢山ある。寄宿舎にいる年長者にもそういう男が多かった。それが僕のような少年を揶揄《からか》う常套語《じょうとうご》[6]であったのだ。僕はそれを試みた。しかし人に聞いたように愉快でない。そして跡《あと》でひどく頭痛がする。強《し》いて彼《か》の可笑《おか》しな画《え》なんぞを想像して、反復して見た。今度は頭痛ばかりではなくて、動悸がする。僕はそれからはめったにそんな事をしたことはない。つまり僕は内から促されてしたのでなくて、入智慧《いれぢえ》[7]でしたのだ、附焼刃《つけやきば》[8]でしたのだから、だめであったと見える。

或る日曜日に僕は向島の内《うち》へ帰った。帰って見ると、お父様がいつもと違って烟《けむ》たい顔をして黙っておられる。お母《かあ》様も心配らしい様子で、僕に優しい詞《ことば》を掛けたいのを控えてお出《いで》なさるようだ。元気好く帰って行った僕は拍子抜《ひょうしぬけ》がして、暫《しばら》く二親の顔を見《み》競《くら》べていた。

お父様が、烟草《たばこ》を呑《の》んでいた烟管《きせる》で、常よりひどく灰吹《はいふき》[9]をはたいて、口を切られた[10]。お父様は巻《まき》烟草は上《あが》らない。いつも雲井《くもい》という烟草を上るに極《き》まっていたのである。

1 (独)交接衝動。性交渉の欲求。　2 論理的思惟能力。「感性」「理性」と対応する語。　3 自慰行為(マスターベーション)を指す。　4 掛布団。　5 地位や身分が低く、いやしいこと。　6 決まり文句。　7 他人から教えられた考え。　8 間に合わせににわかに習い覚えること。　9 煙草盆に添えてある竹製の筒。キセルをその縁に打ち付けるか吹いて灰や吸い殻を落とすもの。　10 「口を切る」は、話を切り出すこと。

さてお話を聞いて見ると、僕の罪悪とも思はなかった罪悪が、お父様の耳に入ったのである。それは彼《か》の手に関係する事ではない。埴生《はにゅう》との交際の事である。

同じ学校の上の級に沼波《ぬなみ》というのがあった。僕は顔も知らないが、先方では僕と埴生との狗児《ちんころ》のように遊んでいるのを可笑《おかし》がって見ていたものと見える。この沼波の保証人が向島《むこうじま》にいて、お父様の碁の友達であった。そこでお父様はこういう事を聞かれたのである。

金井は寄宿舎じゅうで一番小さい。[1]それに学課は好く出来るそうだ。その友達に埴生というのがいる。これも相応に出来る。しかし二人の性質はまるで違う。金井は落着いた少年で、これからぐんぐん伸びる人だと思うが、埴生は早熟した才子《さいし》で、鋭敏過ぎていて、前途が覚束《おぼつか》ない。二人はひどく仲を好くして、一《いっ》しょに遊んでいるようだが、それは外《ほか》に相手がないから、小さい同志で遊ぶのであろう。ところがこの頃《ころ》になって、金井のためには、埴生との交際がすこぶる危険になったようである。埴生は金井より二つ位《くらい》年上であろう。それが江戸の町に育ったものだから、都会の悪影響を受けている。近頃ひとりで料理屋に行って、女中共《ども》におだてられるのを面白がっているのを見たものがある。酒も呑《の》み始めたらしい。尤《もっと》も甚《はなは》しいのは、或《あ》る楊弓店《ようきゅうてん》の女に帯を買って遣《や》ったということである。あれは堕落してしまうかも知れない。どうぞ金井が一しょに堕落しないように、引き分けて遣りたいものだということを、沼波が保証人に話したのである。

お父様はこの話をして、何か埴生と一しょに悪い事をしはしないか。したなら、それを打明けて言うが好い。打明けて言って、これから先《さき》しなければ、それで好い。とにかく埴生と交際することは、これからはやめねば行かぬと仰《おっし》ゃるのである。お母様が側《そば》から沼波さんもお前が悪い事をしたと云《い》ったのではないそうだ、お前は何もしたのではあるまい、これからその埴生という子と遊ばないようにすれば好いのだと仰《おっし》ゃる。

僕は恐れ入った。そして正直に埴生に、料理屋へ連れて行かれた事を話した。しかしそれが埴生の祝宴であったということだけは、言いにくいので言わなかった。

埴生と絶交するのは、よほどむつかしかろうと思ったが、実際ほとんど自然に事が運んだ。埴生は間《ま》もなく落第する。退学する。僕はその形迹《けいせき》を失ってしまった。

僕が洋行して帰って妻《さい》を貰《もら》ってからであった。或日《あるひ》の留守に、埴生庄之助という名刺を置いて行った人があった。株式の売買をしているものだと言い置いて帰ったそうだ。

1　鷗外の用いる「それに」は逆接の場合が多い。ここでは「それなのに」の意。

同じ歳《とし》の夏休《なつやすみ》に向島に帰っていた。

* * * * * *

その頃《ころ》好い友達が出来た。それは[1]和泉橋《いずみばし》の[2]東京医学校の[3]預科《よか》に這入《はい》っている[4]尾藤裔《びとうえい》一《いち》という同年位《くらい》の少年であった。裔一のお父《とう》様はお邸《やしき》の会計で、文案を受け持っている榛野《はんの》なんぞと同じ待遇を受けている。家もお長屋の隣同志である。

僕のお父様はお邸に近い処《ところ》に、小さい地面附《じめんつき》の家を買って、少しばかりの畠にいろいろな物を作って楽《たのし》んでおられる。田圃《たんぼ》を隔てて[5]引舟《ひきふね》の通《とおり》が見える。裔一がそこへ遊びに来るか、僕がお長屋へ往《い》くか、大抵離れることはない。

裔一は平べったい顔の黄いろ味を帯びた、[6]しんねりむっつりした少年で、漢学が好く出来る。[7]菊池三渓《きくちさんけい》を贔負《ひいき》にして居る。僕は裔一に借りて、[8]晴雪楼詩鈔《せいせつろうししょう》を読む。[9]本朝虞初新誌《ほんちょうぐしょしんし》を読む。それから三渓のものが出るからというので、僕も浅草へ行って、[10]花月新誌《かげつしんし》を買って来て読む。二人で詩を作って見る。漢文の小品を書いて見る。まずそんな事をして遊ぶのである。

裔一は小さい道徳家である。埴生《はにゅう》と話をするには、僕は遣《や》り放しで、少しも自分を拘束するようなことはなかったのだが、裔一と何か話していて、少しでも野卑《やひ》な詞《ことば》、猥褻《わいせつ》な詞などが出ようものなら、彼はむきになって怒るのである。彼の想像では、人は[11]進士及第《しんしきゅうだい》をして、先生のお嬢様か何かに思われて、それを正妻に迎えるまでは、色《いろ》事《ごと》などをしてはならないのである。それから天下に名の聞えた名士になれば、[12]東坡《とうば》なんぞのように、芸者にも大事にせられるだろう。その時は絹のハンケチに詩でも書いて遣るのである。

斎一の処へ行くうちに、斎一が父親に連れられて出て、いない事がある。そういう時に好く、長い髪を項《うなじ》まで分けた榛野に出くわす。榛野は、僕が外《そと》から斎一を呼ぶと、僕が這入らないうちに、内から障子《しょうじ》を開《あ》けて出て、帰ってしまう。斎一の母親があとから送って出て、僕にあいそを言う。

1 神田川の岩本町と佐久間町の間に架かる橋。 2 後の東京大学医学部。明治九(一八七六)年に移転するまでは和泉橋畔の藤堂邸に置かれていた。 3「予科」と同じ。本科に入るための予備課程。 4 同郷で後に医師となった伊藤孫一がモデルとされる。 5 鷗外の実家があった小梅村の近くに曳舟通りがあり、交通運搬に曳舟が行なわれていた。 6 寡黙で陰気な性格。 7 一八一九—九一。紀州の儒学者で将軍家茂の侍講を務めた。漢詩人としても評価が高い。 8 三渓の漢詩集。 9 清代中国の『虞初新誌』(七九頁注11参照)にならって三渓が編纂した小説的戯文。 10 明治十(一八七七)年から十七年まで成島柳北が中心となって発行した文芸雑誌。鷗外の小説『雁』に「僕も花月新誌の愛読者であつたから、記憶してゐる」という一文がある。 11 中国の科挙に合格すること。ここでは立身出世すること。 12 宋代中国の詩文作家、蘇軾《そしょく》(一〇三六—一一〇一)の号。

裔一《えいいち》の母親は継母《ままはは》である。ある時裔一と一《いっ》しょに晴雪楼詩鈔を読んでいると、[1]真間《まま》の手古奈《てこな》の事を詠じた詩があった。僕は、[2]ふいと思い出して、「君のお母様《かあ》は本当のでないそうだが、窘《いじ》めはしないか」と問うた。「いいや、窘めはしない」と云《い》ったが、彼は母親の事を話すのを嫌うようであった。

或日《あるひ》裔一の内《うち》へ往《い》った。八月の晴れた日の午後二時頃でもあったろうか。お長屋には、どれにも竹垣を結《ゆ》い廻《めぐ》らした小庭が附いている。尾藤の内の庭には、縁日で買って来たような植木が四五本次第もなく植えてある。日が砂地にかっかっと照っている。御殿《ごてん》のお庭の植込の茂みでやかましいほど鳴く蟬の声が聞える。障子《しょうじ》をしめた尾藤の内はひっそりしている。僕は竹垣の間の小さい[3]柴折戸《しおりど》を開《あ》けて、いつものように声を掛けた。

「裔一君。」

返事をしない。

「裔一君はいませんか。」

障子が開く。例の髪を項《うなじ》まで分けた榛野《はんの》が出る。色の白い、撫肩《なでがた》の、背の高い男で、純然たる東京詞《ことば》を遣《つか》うのである。

「裔一君は留守だ。ちっと僕の処《ところ》へも遊びに来《き》給《たま》え。」

こう云って長屋隣の内へ帰って行く。[4]鳴海絞《なるみしぼり》の浴衣《ゆかた》の背後《うしろ》には、背中一《いっ》ぱいある、派手な模様がある。尾藤の奥さんが閾際《しきいぎわ》にいざり出る。[5]水浅葱《みずあさぎ》の[6]手がらを掛けた[7]丸髷《まるまげ》の鬢《びん》を両手でいじりながら、僕に声を掛ける。奥さんは東京へ出たばかりだそうだが、これも純然たる東京詞である。

「あら。金井さんですか。まあお上《あが》んなさいよ。」

「はい。しかし斎一君がいませんのなら。」

「お父さんが釣《つり》に行くというので、附いて行ってしまいましたの、斎一がいなくたって好《い》いではございませんか。まあ、ここへお掛《かけ》なさいよ。」

1 下総《しもうさ》の国(現・千葉県)真間にいたとされる美少女。多くの男性からの求婚を受けて入水した。『万葉集』の高橋虫麻呂や山部赤人の歌で知られる。 2 手古奈の住む真間という地名から、「継母《ままはは》」を連想したもの。 3 折った木の枝などで作った粗末な戸。 4 布地の絞り染めの一種。愛知県の鳴海や有松《ありまつ》付近で作られ、色がさめないという特色がある。 5 浅葱は薄い藍色で、それより更に薄い浅葱色の意。 6 女性の日本髪の装飾として巻く布切れ。ちりめんなどで作る。手柄。 7 最も代表的な既婚女性の髪型(日本髪)。江戸時代前期に大流行した勝山髷を変形させたもので、本格的な「丸髷」の登場は文化文政ごろとされる。幕末には髷の中に和紙製の型を入れるなどして形を保つようになった。髷の輪が厚く広くなって輪というより丸に見えるようになったのがこの髷であり、若いほど髷が大きくなるため、髷の大きさで年齢が見分けられると言われた。

「はい。」

僕はしぶしぶ縁側に腰を掛けた。奥さんは不精《ぶしょう》らしくまた少しいざり出て、片膝立てて、僕の側へ、体がひっ附《つ》くようにすわった。汗とお白《しろ》いと髪の油との匂《におい》がする。僕は少し脇へ退《の》いた。奥さんは何故《なぜ》だか笑った。

「好くあなたは裔一《えいいち》のような子と遊んでおやんなさるのね。あんなぶあいそうな子ってありゃしません。」

奥さんは目も鼻も口も馬鹿に大きい人である。そして口が四角なように僕は感じた。

「僕は裔一君が大好《だいすき》です。」

「わたくしはお嫌《きらい》。」

奥さんは頬《ほ》っぺたをおっ附《つ》けるようにして、横から僕の顔を覗《のぞ》き込む。息が顔に掛かる。その息が妙に熱いような気がする。それと同時に、僕は急に奥さんが女であるというようなことを思って、何となく恐ろしくなった。多分僕は蒼《あお》くなったであろう。

「僕はまた来ます。」

「あら。好《い》いじゃありませんか。」

僕は慌てたように起《た》って、三つ四つお辞儀をして駈け出した。御殿《ごてん》のお庭の植込の間から、お池の水が小さい[1]堰塞《いせき》を踰《こ》して流れ出る溝がある。その縁《ふち》の、[2]杉菜《すぎな》の生えている砂地に、植込の高い木が、少し西へいざった影を落している。僕はそこまで駈けて行って、仰向《あおむけ》に砂の上に寝転んだ。すぐ上の処《ところ》に、凌霄《のうぜん》[3]の燃えるような花が簇々《むらむら》[4]と咲いている。蟬が盛んに鳴く。その外《ほか》には何の音もしない。Pan[5]の神はまだ目を醒《さ》まさない時刻である。僕はいろいろな想像をした。

それからは、僕は裔一と話をしても、裔一の母親の事は口に出さなかった。

＊　＊　＊　＊　＊　＊

十五になった。

去年の暮の試験に大淘汰[6]があって、どの級からも退学になったものがあった。そしてこの犠牲の候補者は過半軟派《なんぱ》から出た。埴生《はにゅう》なんぞのようなちびさえ一《いっ》しょに退治られたのである。

逸見《へんみ》も退学した。しかしこれはつい昨今急激な軟化をして、着物の袖を長くし、袴《はかま》

1「井堰」とも書く。用水を土や木でせき止めてある所。 2 杉の葉の形に似た緑色のトクサ科の多年草。春先に土筆《つくし》と呼ばれ食用となる若芽(正確には胞子体)を出す。 3 凌霄花《のうぜんかずら》。ノウゼンカズラ科のつる性落葉樹。夏に大型筒状の黄赤色の花が咲く。 4 多く集まっている様子。 5 ギリシア神話における牧羊神パン。昼間は洞窟に隠れて夜に活動する。「僕」の中に潜む官能を意味するか。 6「淘汰《とうた》」は不要なものを除くこと。ここでは試験の成績によって怠学生が多く退学させられたこと。

の裾《すそ》を長くし、天を指していた棕櫚《しゅろ》[1]のような髪の毛に香油を塗っていたのであった。

この頃《ころ》僕に古賀[2]と児島[3]との二人の親友が出来た。

古賀は顴骨《ほおぼね》の張った、四角な、赭《あか》ら顔の大男である。安達《あだち》という美少年に特別な保護を加えている処《ところ》から、服装から何から、誰が見ても硬派中の錚々《そうそう》[4]たるものである。それが去年の秋頃から僕に近づくように努《つと》める。僕は例の短刀の欛《つか》を握らざることを得なかった。

然《しか》るに淘汰の跡《あと》で、寄宿舎の部屋割が極《き》まって見ると、僕は古賀と同室になっていた。鰐口《わにぐち》は顔に嘲弄《ちょうろう》[5]の色を浮べて、こう云《い》った。

「さあ。あんたあ古賀さあの処へ往《い》って可哀《かわい》がってもらいんされえか。あははは。」

例のとおりお父《とう》様の声色《こわいろ》である。この男は少しも僕を保護してはくれなんだ。しかし僕は構わぬのがありがたかった。彼の cynic な言語挙動は始終僕に不愉快を感ぜしめるが、とにかく彼も一種の奇峭《きしょう》[6]な性格である。同級の詩人が彼に贈った詩の結句《けっく》は、竹窓夜静にして韓非《かんぴ》[7]を読むというのであった。人が彼を畏《おそ》れ憚《はばか》る。それが間接に、僕のためには保護になっていたのである。

僕はこの間接の保護を失わねばならない。そしてすこぶる奇険《きけん》なる古賀の室へ引き越さねばならない。僕は覚えず[8]慄然《りつぜん》とした。

僕は[9]獅子の窟に這入《はい》るようなつもりで引き越して行った。埴生《はにゅう》が、君の目は基線を上にした三角だと云ったが、その倒三角形の目がいよいよ[10]稜立《かどだ》っていたであろう。古賀は本も何も載せてない破机《やぶれづくえ》の前に、鼠色になった古毛布を敷いて、その上に胡坐《あぐら》をかいて、じっと僕を見ている。大きな顔の割に、小さい、真円な目には、喜《よろこび》の色が溢《あふ》れている。

「僕をこわがって逃げ廻っていたくせに、とうとう僕の処へ来たな。ははは。」

彼は[11]破顔一笑《はがんいっしょう》した。彼の顔はおどけたような、威厳のあるような、妙な顔である。どうも悪い奴《やつ》らしくはない。

「割り当てられたからしかたがない。」

随分無愛想な返事である。

「君は僕を逸見《へんみ》と同じように思っているな。僕はそんな人間じゃあない。」

1 ヤシ科の常緑高木。箒《ほうき》などを作る。 2 鷗外の終生の友人賀古鶴所《かこつるど》がモデル。 3 幕末の蘭学者緒方洪庵《おがたこうあん》の六男で同窓生の緒方収二郎《おがたしゅうじろう》がモデル。 4 優れた存在であること。 5 あざけりからかうこと。 6 際立って鋭い様子。 7 韓非子。五七頁注7参照。 8 ぞっとすること。 9 ライオンの棲む洞窟。非常に危険な場所の意。 10 尖って(吊り上がって)いる様子。 11 にこやかに笑う様子。

僕は黙って自分の席を整頓し始めた。僕は子供の時から物を散らかして置くということが大嫌《だいきらい》である。学校にはいってからは、学科用のものと外《ほか》のものとを選《よ》り分けてきちんとして置く。この頃《ころ》になっては、僕のノートブックの数は大辺《たいへん》なもので、ちょうど外の人の倍はある。その訳は一学科ごとに二冊あって、しかもそれを皆教場に持って出て、重要な事と、ただ参考になると思う事とを、聴きながら選り分けて、開いて畳《かさ》ねてある二冊へ、ペンで書く。その代り、外の生徒のように、寄宿舎に帰ってから清書をすることはない。寄宿舎では、その日の講義のうちにあった術語だけを、希臘拉甸《ギリシャラテン》の語原を調べて、赤インキでページの縁《ふち》に注して置く。教場の外での為事《しごと》はほとんどそれきりである。人が術語が覚えにくくて困るというと、僕は可笑《おか》しくて溜《た》まらない。何故《なぜ》語原を調べずに、器械的に覚えようとするのだと云《い》いたくなる。僕はノートブックと参考書とを同じ順序にシェルフ[1]に立てた。黒と赤とのインキを瓶のひっくり反《かえ》らない用心に、菓子箱のあいたのに、並べて入れたのに、ペンを添えて、机の向うの方に置いた。大きい吸取紙《すいとりがみ》[2]を広げて、机の前の方に置いた。その左に厚い表紙の附いている手帖を二冊累《かさ》ねて置いた。一冊は日記で、寝る前に日々の記事をきちんと締め切るのである。一冊は学科に関係のない事件の備忘録で、表題には生利《なまぎき》[3]にも紺珠《かんじゅ》[4]という二字がペンで篆書《てんしょ》[5]に書いてある。それから机の下に忍《し》ばせたのは、貞丈《ていじょう》[6]

雑記《ざっき》が十冊ばかりであった。その頃の貸本屋の持っていた最も高尚なものは、こんな風な随筆類で、僕のように馬琴京伝の小説を卒業すると、随筆読《よみ》になるより外《ほか》ないのである。こんな物の中から何かしら見出しては、例の紺珠に書き留《と》めるのである。

古賀はにやりにやり笑って僕のする事を見ていたが、貞丈雑記を机の下に忍ばせるのを見て、こう云った。

「それは何の本だ。」

「貞丈雑記だ。」

「何が書いてある。」

「この辺には装束《しょうぞく》の事が書いてある。」

「そんな物を読んで何にする。」

「何にもするのではない。」

「それではつまらんじゃないか。」

1 本棚。 2 書いた文字が擦れて汚れないように、余分なインクを取る紙。 3 生意気な様子。 4 中国で、手で撫でると記憶を呼び起こすとされる紺色の宝珠。転じて備忘録の意。 5 楷書などのもとになった中国の周や秦代の書体。 6 江戸の学者伊勢貞丈(一七一七―八四)による有職故実《ゆうそくこじつ》書。

「そんなら、僕なんぞがこんな学校に這入《はい》って学問をするのもつまらんじゃないか。官員[1]になるためとか、教師になるためとかいうわけでもあるまい。」

「君は卒業しても、官員や教師にはならんのかい。」

「そりゃあ、なるかも知れない。しかしそれになるために学問をするのではない。」

「それでは物を知るために学問をする、つまり学問をするために学問をするというのだな。」

「うむ。まあ、そうだ。」

「ふむ。君は面白い小僧だ。」

僕は憤然[2]とした。人と始《はじめ》て話をして、おしまいに面白い小僧だは、結末が余り振《ふる》[3]っている。僕は例の倒三角形の目で相手を睨《にら》んだ。古賀は平気でにやりにやり笑っている。僕は拍子抜《ひょうしぬ》けがして、この無邪気な大男を憎むことを得なかった。

その日の夕《ゆう》かたであった。古賀が一《いっ》しょに散歩に出ろと云《い》う。鰐口《わにぐち》なんぞは、長い間同じ部屋にいても、一しょに散歩に出ようと云ったことはない。とにかく附いて出て見ようと思って、承諾した。

夏の初《はじめ》の気持の好い夕かたである。神田《かんだ》[4]の通りを歩く。古本屋の前に来ると、僕は足を留《と》めて覗《のぞ》く。古賀は一しょに覗く。その頃《ころ》は、日本人の詩集なんぞは一冊五銭位で買われたものだ。[5]柳原《やなぎわら》の[6]取附《とっつき》に広場がある。ここに大きな傘を開いて立てて、その下で十二三位な綺麗《きれい》な女の子に[7]かっぽれを踊らせている。僕は[8]Victor Hugo の[9]Notre Dame を読んだとき、[10]Emeraude とかいう宝石のような名の附いた小娘の事を書いてあるのを見て、この女の子を思出して、あの傘の下でかっぽれを踊ったような奴《やつ》だろうと思った。古賀はこう云った。

「何の子だか知らないが、ひどい目に合わせているなあ。」

「もっとひどいのは支那人だろう。赤子を四角な箱に入れて四角に太らせて見せ物にしたという話があるが、そんな事もしかねない。」

「どうしてそんな話を知っている。」

「[11]虞初新誌《ぐしょしんし》にある。」

1 官吏、役人。 2 腹を立てた様子。 3 「ふるっている」は、かなり変わっていること。 4 現・東京都千代田区(当時は神田区)の地名。現在まで続く古書店街で有名。 5 万世橋から浅草橋までの神田川の南岸は柳原土手と呼ばれていた。 6 土手が始まるところ。 7 江戸末期から明治、大正まで流行した俗曲で滑稽味のある踊りを伴う。 8 フランスの作家ヴィクトル・ユーゴー(一八〇二—八五)。代表作に『レ・ミゼラブル』など。 9 ユーゴーの代表作の一つ『パリのノートルダム』のこと。 10 上記作品のヒロイン。正しくはエスメラルダ。 11 清代中国の説話集。全二十巻。

「妙なものを読んでいるなあ。面白い小僧だ。」

こんな風に古賀は面白い小僧だを連発する。柳原を両国《りょうごく》の方へ歩いているうちに、古賀は蒲焼の行灯《あんどん》の出ている家の前で足を留《と》めた。

「君は鰻《うなぎ》を食うか。」

「食う。」

古賀は鰻屋へ這入《はい》った。大串《おおぐし》を誂《あつら》える。酒が出ると、ひとりで面白そうに飲んでいる。そのうち咽《のど》に痰がひっ掛かる。かっと云《い》うと思うと、縁《えん》の外の小庭を囲んでいる竹垣を越して、痰が向うの路地に飛ぶ。僕はあっけに取られて見ている。鰻が出る。僕はお父様に連れられて鰻屋へ一度行って、鰻飯を食ったことしかない。古賀がいくらだけ焼けと金で誂えるのにまず驚いたのであったが、その食いようを見て更に驚いた。串を抜く。大きな切《きれ》を箸で折り曲げて一口《ひとくち》に頬張《ほおば》る。僕は口には出さないが、面白い奴《やつ》だと思って見ていたのである。

その日は素直に寄宿舎に帰った。寝るとき、明日《あした》の朝は起してくれえ、頼むぞと云って、ぐうぐう寝てしまった。

朝は四時頃から外があかるくなる。僕は六時に起きる。顔を洗って来て本を見ている。七時に1賄《まかない》の拍子木《ひょうしぎ》が鳴る。古賀を起す。古賀は眠むそうに目を開《あ》く。

「何時だ。」

「七時だ。」

「まだ早い。」

古賀はくるりと寝返りをして、ぐうぐう寝る。僕は飯を食って来る。三十分になる。八時には日課が始まるのである。古賀を起す。

「何時だ。」

「七時三十分だ。」

「まだ早い。」

十五分前になる。僕は前晩に時間表を見て揃えて置いたノートブックとインクとを持って出掛けて、古賀を起す。

「何時だ。」

「十五分前だ。」

古賀は黙って跳《は》ね起きる。紙と手拭《てぬぐい》とを持って飛び出す。これから雪隠《せっちん》に往《い》って、顔を洗って、飯を食って、教場へ駈け附けるのである。

1　寮や下宿などで出す食事が出来た合図。

古賀鵠介《こくすけ》の平常の生活はこんな風である。折々古賀の友達で、児島十二郎というのが遊びに来る。その頃《ころ》[1]絵草紙屋《えぞうしや》に吊《つ》るしてあった、錦絵の源氏の君のような顔をしている男である。体じゅうが青み掛《が》かって白い。綽号《あだな》を青大将というのだが、それを言うと怒る。尤《もっと》もこの名は、児島の体の或《あ》る部分を浴場で見て附けた名だそうだから、怒るのも無理はない。児島は酒量がない。言語も挙動も貴公子らしい。名高い洋学者で、[2]勅任官になっている人の弟である。十二人目の子なので、十二郎というのだそうだ。

どうして古賀と児島とが親しくしているだろうと、僕はまず疑問を起した。さて段々観察していると、[3]触接点《しょくせつてん》がある。

古賀は父親をひどく大切にしている。そのくせ父親は鵠介の弟の神童じみたのが[4]夭《よう》折《せっ》したのを惜んで、鵠介を[5]不肖《ふしょう》の子として扱っているらしい。鵠介は自分が不肖の子として扱われれば扱われるだけ、父親の失った子の穴填《あなうめ》をして、父親に安心させねばならないように思うのである。児島は父親が亡くなって母親がある。母親は十何人という子を一人で生んだのである。これも十三人目の十三郎というのが[6]才子《さいし》で、その方が可哀《かわい》がられているらしい。しかし十三郎は才子である代りに、やや[7]放縦《ほうじゅう》で、或る[8]新聞縦覧所の女に思われたために騒動が起って新聞の[9]続物《つづきもの》に出た。女は元《も》と縦覧所を出している男の雇女《やといおんな》で、年の三十も違う主人に、脅迫せられて身を任せて、妾《めかけ》のようになっていた。それが十三郎を慕うので、主人が嫉妬から女を[10]虐遇《ぎゃくぐう》する。女は十三郎に泣き附く。その十三郎が勅任官の家の若殿だから、新聞の好材料になったのである。そのために、十三郎は或る立派な家に養子に貰《もら》われていたのが破談になる。母親は十三郎のために心痛する。十二郎はその母親の心を慰めようと、熱心に努《つと》めているのである。

こんな事をだらだらと書くのは、僕の性欲的生活に何の関係もないようだが、実はそうでない。これが重大な関係を有している。

僕は古賀と次第に心安くなる。古賀を通じて児島とも心安くなる。そこで三角同盟が成立した。

児島は[11]生《き》息子《むすこ》である。彼の性欲的生活は零《ゼロ》である。

1 三七頁注1参照。 2 旧制の高等官の一つで、勅任により任命される官吏。判任官より上位。 3 異なる物事が一致する点。接点。 4 若くて亡くなること。 5 父に似ない愚かな子。 6 才能の優れた人物。 7 ふしだら。だらしない様子。 8 明治五(一八七二)年横浜市発祥の、新聞各種を無料で自由に見られる施設(石井研堂『増訂明治事物起源』)。やがて接客する女性が中心で、申し訳に新聞が置かれた風俗営業の店が吉原などに出現した。 9 回を重ねて完結する記事。 10 虐待。むごい古賀はふだん酒を飲んでぐうぐう寝てしまう。しかし月に一度位《くらい》荒日《あれび》がある。そういう日には、己《おれ》は今夜は暴れるから、君はおとなしくして寝ろと云《い》い置いて、廊下を踏み鳴らして出て行く。誰かの部屋の外から声を掛けるのに、戸を締《し》めて寝ていると、拳骨《げんこつ》で戸を打ち破ることもある。下の級の安達という美少年の処《ところ》なぞへ這入《はい》り込むのは、そういう晩であろう。荒日には外泊することもある。翌日帰って、[1]しおしおとして、昨日《きのう》は獣になったと云って悔んでいる。

児島の性欲の獣は縛《しば》ってあるが、おりおり縛《ばく》を解いて暴れるのである。しかし古賀の獣は眠っている。古賀は、あたかも今の紳士の一小部分が自分の家庭だけを清潔に保とうとしている如くに、自分の部屋を神聖にしている。僕は偶然この神聖なる部屋を分つことになったのである。

古賀と児島と僕との三人は、寄宿舎全体を[2]白眼《はくがん》に見ている。暇さえあれば三人集まる。平生《へいぜい》性欲の獣を放し飼《がい》にしている生徒は、この[3]triumviri の前では[4]寸毫《すんごう》も[5]仮借《かしゃく》せられない。中にも、土曜日の午後に[6]白足袋《しろたび》を穿《は》いて外出するような連中は、人間ではないように言われる。僕の性欲的生活が[7]繰延《くりのべ》になったのは、全くこの三角同盟のお蔭《かげ》である。後になって考えて見れば、もしこの同盟に古賀がいなかったら、この同盟は陰気な、貧血性な物になったのかも知れない。幸《さいわい》に荒日を持っている古賀が加わっていたので、互《たがい》に制裁を加えている中にも、活気を失わないでいることを得たのであろう。

　或《あ》る土曜の事である。三人で吉原《よしわら》を見に行こうということになる。古賀が案内に立つ。三人共小倉袴《こくらばかま》に紺《こん》足袋で、[8]朴歯《ほおば》の下駄をがらつかせて出る。上野の山から[9]根岸《ねぎし》を抜けて、[10]通新町《とおりしんまち》を右へ折れる。[11]お歯黒溝《はぐろどぶ》の側を[12]大門《おおもん》に廻る。吉原を縦横に濶歩《かっぽ》する。軟派の生徒で出くわした奴《やつ》は災難だ。白足袋がこそこそと横町に曲るのを見送って、三人一度にどっと笑うのである。僕は分れて、[13]今戸《いまど》の渡《わたし》を[14]向島へ渡った。

＊　＊　＊　＊　＊

　同じ歳《とし》の夏休《なつやすみ》は、やはり去年どおりに、向島《むこうじま》の親の家で暮らした。その頃《ころ》はまだ、

扱い。11 性的経験の無い男性。

1 しおれた様子で。 2 冷たい目で見ること。 3 (羅)古代ローマにおける三頭政治。ここでは古賀・児島・金井の三人を指す。 4 ほんの少しも。 5 許すこと。 6 普段の紺足袋から穿き替えてお洒落をすること。 7 延期。 8 朴の木で作った「歯」(下駄の接地部分)を入れた下駄。 9 旧・下谷《したや》区(現・台東区)の地名。明治期、正岡子規をはじめ文学者が多く住んだ。 10 上野駅前から千住《せんじゅ》へ通ずる道筋。 11 吉原遊郭の周囲にあった堀。周囲から隔離すると同時に遊女の逃亡を防ぐために設けられた。 12 吉原の入り口にあったアーチ型の鉄門で吉原のシンボル。 13 浅草の今戸町と向島を往来するための渡し舟。 14 週末に両親の待つ自宅へ帰ったことをこう表現した。

書生が暑中に温泉や海浜へ行くということはなかった。[1]親を帰省するのが精々《せいぜい》であった。僕のような、判任官の子なんぞは、親の処《ところ》に帰って遊んでいるより上の愉快を想像することは出来なかったのである。

相変らず尾藤裔一《えいいち》と遊ぶ。裔一の母親はもういない。悪い噂が立ったので、榛野《はんの》は免職になって国へ帰る。尾藤の母親も国の里方《さとかた》へ返されたのである。裔一と漢文の作り競《くら》をする。それが[2]困《こう》じて、是非《ぜひ》本当の漢文の先生に就《つ》いて遣《や》って見たいということになる。

その頃《ころ》向島に[3]文淵先生という方がおられた。二町《ちょう》ほどの田圃《たんぼ》を隔てて隅田川の土手を望む処に宅を構えておられる。二階建の母屋《おもや》に、庭の池に臨んだ離座敷《はなれざしき》の書斎がある。土蔵には[4]唐本《とうほん》が一《いっ》ぱい這入《はい》っていて、書生が一抱《ひとかかえ》ずつ抱えては出入《だしいれ》をする。先生は年が四十二三でもあろうか。三十位《くらい》の奥さんにお嬢さんの可哀《かわい》いのが二三人あって、母屋に住んでおられる。先生は渡廊下で続いている書斎におられる。お役《やく》は[5]編修官。月給は百円。[6]手車《てぐるま》で出勤せられる。僕のお父様《とう》が羨ましがって、あれが[7]清福《せいふく》というものじゃと云《い》うておられた。その頃は百円の月給で清福を得られたのである。

僕はお父様に頼んでもらって、文淵先生の内《うち》へ漢文を直してもらいに行くことにした。書生が先生の書斎に案内する。どんな長い物を書いて持って行っても、先生は

「どれ」と云って受け取る。朱筆を把《と》る。片端《かたはし》から句読《くとう》を切る。句読を切りながら直して行く。読んでしまうのと直してしまうのと同時である。それでも[8]字眼《じがん》などがあると、標《しるし》を附けて行かれるから、[9]照応《しょうおう》を打ち壊《こわ》されることなぞはめったにない。度々《たびたび》行くうちに、十六七の[10]島田髷《しまだまげ》が先生のお給仕をしているのに出くわした。帰ってからお母様《かあ》に、今日は先生の内の一番大きいお嬢さんを見たと話したら、それはお召使だと仰《おっし》ゃった。お召使というには特別な意味があったのである。

或日《あるひ》先生の机の下から唐本が覗《のぞ》いているのを見ると、[11]金瓶梅《きんぺいばい》であった。僕は馬琴の金瓶梅しか読んだことはないが、唐本の金瓶梅が大《おお》いに違っているということを知っていた。そして先生なかなか油断がならないと思った。

＊　＊　＊　＊　＊　＊

同じ歳《とし》の秋であった。古賀の機嫌が悪い。病気かと思えばそうでもない。或日一《いっ》し

1 「帰省」の本義は故郷に帰り親に会うこと。この場合は故郷ではなく親の待つ実家に帰ること。 2 高まって。 3 漢学者の依田学海《よだがっかい》（一八三三―一九〇九）がモデル。実際に鷗外は指導を受けた。 4 中国渡来の書籍。 5 当時学海は修史局の編輯官だった。 6 自家用人力車。 7 精神的な幸福。 8 その一字が詩や文の価値を左右する文字。 9 詩や文章で二つの言葉が対応すること。 10 一九頁注6参照。 11 明代中国の、主人公西門慶《せいもんけい》をめぐる淫蕩な小説。馬琴に翻案『新編金瓶梅』がある。

よに散歩に出て、池《いけ》の端《はた》を歩いていると、古賀がこう云《い》った。

「今日は根津《ねづ》[1]へ探険に行くのだが、一《いっ》しょに行くかい。」

「一しょに帰るなら、行っても好《い》い。」

「そりゃあ帰る。」

それから古賀が歩きながら探険の目的を話した。安達が根津の八幡楼《やわたろう》という内《うち》のお[2]職《しょく》と大変な関係になった。女が立て引いて[3]呼ぶので、安達はほとんど学課を全廃した。女の処《ところ》には安達の寝巻や何ぞが備え附けてある。女の持物には、悉《ことごと》く自分の紋と安達の紋とが比《ひ》翼《よく》[4]にして附けてある。二三日安達の顔を見ないと癪《しゃく》[5]を起す。古賀がどんなに引き留《と》めても、女の磁石力が強くて、安達はふらふらと八幡楼へ引き寄せられて行く。古賀は浅草にいる安達の親にdenunciate[6]した。安達と安達の母との間には、悲痛なる対話があった。さて安達の寄宿舎に帰るのを待ち受けて、古賀が「どうだ」と問うた。安達は途方に暮れたという様子で云った。「今日は母に泣かれて困った。母が泣きながら死んでしまうというのを聞けば、気の毒ではある。しかし女も泣きながら死んでしまうというから、しかたがない」と云ったというのである。

古賀はこの話をしながら、憤慨して涙を翻《こぼ》した。僕は歩きながらこの話を聞いて、「なるほどひどい」と云った。そうは云ったが、頭の中では憤慨はしない。恋愛というものの美しい夢は、断《た》えず意識の奥の方に潜《ひそ》んでいる。初《はじめ》て梅暦を又借《またがり》をして読んだ頃《ころ》から後、漢学者の友達が出来て、[7]剪灯余話《せんとうよわ》を読む。[8]燕山外史を読む。[9]情史《じょうし》を読む。こういう本に書いてある、青年男女の[10]naively な恋愛がひどく羨ましい、妬《ねた》ましい。そして自分が美男に生れて来なかったために、この美しいものが手の届かない理想になっているということを感じて、頭の奥には苦痛の絶える隙《ひま》がない。それだから安達はさぞ愉快だろう、たとい苦痛があっても、その苦痛は甘い苦痛で、自分の頭の奥に潜んでいるような苦《にが》い苦痛ではあるまいという[11]思遣《おもいやり》をなすことを禁じ得ない。それと同時に僕はこんな事を思う。古賀の単純極《きわ》まる性質は愛すべきである。しかし彼が安達のために[12]煩悶する源を考えて見れば、少しも同情に値しない。安達はむしろ[13]不自然の回抱《かいほう》を脱して自然の懐《ふところ》に走ったのである。古賀がこの話を児島にしたら、児島は一

1 現在の東京都文京区の地名。根津権現、根津遊郭があった。五行目の「八幡楼」は遊郭の妓楼。 2 吉原などで一番上位の遊女。 3 遊女が客の遊興費を立て替えること。 4 比翼紋。自分と相手の家紋を組み合わせた紋。 5 女性に多い胸部や腹部の激痛。 6 (英)訴える。 7 明代中国の怪談等を集めた作品。 8 清代中国の才子佳人小説。 9 恋愛に関する物語を集めた作品。 10 (英)素朴な様子。 11 自分の身に比べて他人の身について思うこと。 12 もだえ苦しむこと。 13「不自然」は古賀との男性同士の付き合いを指す。男性同士の抱擁(性的関係)の意。

しょに涙を翻《こぼ》したかも知れない。いかにも親孝行はこの上《うえ》もない善い事である。親孝行のお蔭《かげ》で、性欲を少しでも抑えて行かれるのは結構である。しかしそれを為し得ない人間がいるのに不思議はない。[1]児島は性欲を吹込《すいこみ》の糞坑にしている。古賀は性欲を折々掃除をさせる雪隠《せっちん》の瓶《かめ》にしている。この二人と同盟になっている僕が、同じように性欲の満足を求めずにいるのは、果して僕の手柄であろうか。それはすこぶる疑わしい。僕がもし児島のような美男に生れていたら、僕は児島ではないかも知れない。僕は神聖なる同盟の祭壇の前で、こんなheretical[2]な思議を費していたのである。

僕は古賀の跡《あと》に附いて、始《はじめ》て[3]藍染橋《あいぞめばし》を渡った。古賀は西側の小さい家に這入《はい》って、店の者と話をする。僕は閾際《しきいぎわ》に立っている。この家は[4]引手茶屋《ひきてぢゃや》である。古賀は安達が何日《いくか》と何日《いくか》とに来たかというような事を確めている。店のものは不精不精《ふしょうぶしょう》に返辞をしている。古賀は暫《しばら》くしてしおしおとして出て来た。僕等は黙って帰途に就いた。

安達はほどなく退学させられた。一年ばかり立ってから、浅草区に子守女や後家《ごけ》なぞに騒がれる美男の巡査がいるという評判を聞いた。また数年の後、古賀が浅草の奥《おく》山《やま》で、[5]唐桟《とうざん》ずくめの頰のこけた凄い顔の男に逢った。奥山に小屋《こや》掛《が》けをして興行している女の軽技師《かるわざし》があって、その情夫が安達の末路《まつろ》であったそうだ。

＊　＊　＊　＊　＊　＊

十六になった。

僕はその頃《ころ》大学の予備門[6]になっていた英語学校を卒業して、大学の文学部に這入った。

夏休《なつやすみ》から後は、僕は下宿生活をすることになった。古賀や児島と毎晩のように寄席《よせ》に行く。一頃《ひところ》悪い癖が附いて寄席に行かないと寝附かれないようになったこともある。講釈に厭《あ》きて落語を聞く。落語に厭きて女義太夫《おんなぎだゆう》[7]をも聞く。寄席の帰りに腹が減って蕎麦屋に這入ると、妓夫《ぎふ》[8]が夜鷹《よたか》[9]を大勢連れて来ていて、僕等はその百鬼夜行《ひゃっきやぎょう》[10]の姿をラ

1 児島は性欲を捨てて顧みないが、古賀は貯めておいて時々解放するということ。「吹込の糞坑」は穴を掘っただけの便所。 2 （英）異端的な。年少の金井が古賀や児島を客観視していることをそう形容する。 3 藍染川は根津を流れて不忍池《しのばずのいけ》に注ぐ小川。そこに架かる橋。 4 遊郭で客を妓楼へ案内するための茶屋。 5 通人《つうじん》が羽織や着物に愛用した舶来の縞《しま》織物。 6 五一頁注7参照。 7 女性の義太夫語り。文化文政ごろから行なわれていたが、水野忠邦の天保の改革で女性芸人が禁止されると一時廃《すた》れた。しかし、明治維新以降の文化政策改変の中で法的に認められるようになると江戸期以上の隆盛をみるようになる。当時、内容が佳境にさしかかると、客席の書生らの熱心な見物人から「どうする、どうする」と声がかかった。その見物人たちを「堂摺連＝どうするれん」と呼んだ。特に激しい者は手拍子を打ち、茶碗の底を擦り合わせて騒ぐほど熱狂したという。また、娘義太夫の日本髪が熱演のあまり乱れ、かんざしが髪から落ちると、それを拾おうと場内が混乱することもあったという。 8 売春婦などの客引きや用心棒をする男性。 9 夜間に路傍で客を引く下等の売春婦。

ンプの下に見て、覚えず戦慄《せんりつ》したこともある。しかし「仲までお安く」[1]という車なぞにはとうとう乗らずにしまった。

多分生息子《きむすこ》で英語学校を出たものは、児島と僕と位《くらい》なものだろう。文学部に這入《はい》ってからも、三角同盟の制裁は依然としていて、児島と僕とは旧阿蒙《きゅうあもう》[2]であった。

この歳《とし》は別に書くほどの事もなくて暮れた。

* * * * * *

十七になった。

この歳にお父《とう》様が、世話をする人があって、小菅《こすげ》[3]の監獄署の役人になられた。某省[4]の属官をしておられたが、頭が支《つか》えて進級が出来ない。監獄の役人の方は、官宅のようなものが出来ていて、それに住めば、向島《むこうじま》の家から家賃があがる。月給も少し好い。そこで意を決して小菅へ越されたのである。僕は土曜日に小菅へ行って、日曜日の晩に下宿に帰ることになった。

僕は依然として三角同盟の制裁の下に立っているのである。休日の前日が来て、小菅の内《うち》へ帰る度《たび》に通新町《とおりしんまち》を通る。吉原《よしわら》の方へ曲る角の南側は石の玉垣のある小さい社《やしろ》で、北側は古道具屋である。この古道具屋はいつも障子《しょうじ》が半分締《し》めてある。その障子の片隅に長方形の紙が貼ってあって、看板かきの書くような字で「秋貞《あきさだ》」[5]と書いてある。小菅へ行く度に、往《いき》にも反《かえり》にも僕はこの障子の前を通るのを楽《たのしみ》にしていた。そしてこの障子の口に娘が立っていると、僕は一週間の間何となく満足している。娘がいないと、僕は一週間の間何となく物足らない感じをしている。

この娘はそれほど稀《まれ》な美人というのではないかも知れない。ただ薄紅《うすくれない》の顔がつやつやと露が垂《したた》るようで、ぱっちりした目に形容の出来ない愛敬がある。洗髪《あらいがみ》を島田《しまだ》に結《い》っていて、赤い物なぞは掛けない。夏は派手な浴衣《ゆかた》を着ている。冬は半衿《はんえり》の掛かった銘撰《めいせん》[6]か何かを着ている。いつも新しい前掛をしているのである。

僕はこの頃《ころ》から、ずっと後に大学を卒業するまで、いや、そうではない、それから二年目に洋行するまで、この娘を僕の美しい夢の主人公にしていたに相違ない。春の

10　様々の妖怪が列を作って夜遊びをすること。転じて多くの人が徒党を組み奇怪な行動をすること。

1　妓楼まで乗り付ける人力車夫が客を誘う文句。　2　元の阿蒙のような。中国の呉《ご》の人阿蒙が学問して見識を得た故事から、学問教育を受ける以前の状態を指す。ここでは性的な経験をしていないこと。　3　旧・東京府葛飾郡小菅村、現・東京都葛飾区の地名。　4　国家公務員。　5　現・東京都台東区三ノ輪に実在した店の名前。弟の篤次郎がドイツに滞在する鷗外に宛てた書簡にもここの娘のことが書かれている。　6　平織りの絹織物。銘仙織とも呼ばれる。丈夫な上に手頃な価格だったため、普段着等に用いられた。

なまめかしい自然でも、秋の物寂しい自然でも、僕の情緒を動かすことがあると、ふいと秋貞という名が脣《くちびる》に上る。実に馬鹿らしい訣《わけ》である。何故《なぜ》というのに、秋貞というのはその店に折々見える、紺の前掛をした、痩せこけた爺《じい》さんの屋号と名前の頭字《かしらじ》とに過ぎないのである。この娘は何という娘だということをも僕は知らないのである。しかし不思議と云《い》えば不思議である。僕が顔を覚えてから足掛《あしかけ》五年の間、この娘は娘[1]でいる。僕の空想の中に娘でいるのは不思議ではないが、この娘が実在の娘でいるのは不思議である。僕は例の美しい夢の中で、もしやこの娘は、僕が小菅へ往復する人力車を留《と》めて、話をし掛けるのを待っているのではあるまいかとさえ思ったこともある。しかしまさか現《うつつ》の意識でそれを信ずるほどの詩人にもなれなかった。よほど年が立ってから、僕は偶然この娘の正体を聞いた。この娘はじきあの近所の寺の住職が為送《しおくり》[2]をしていたのであった。

つまらない話のついでに、も一つ同じようなのを話そう。お父様の住まってお出《いで》になる、小菅の官舎の隣に十三ばかりの娘がある。それが琴の稽古《けいこ》をしている。師匠は下谷《したや》の杉勢というのであるが、遠方の事だから、いつも代稽古《だいげいこ》[3]の娘が来る。お母《かあ》様が聞いていらっしゃるに、隣の娘が弾いても、代稽古に来る娘が弾いても、余り好い音《ね》がしたことはない。それが或日《あるひ》まるで変った音がした。言って見れば、今までのが寝《ね》惚《ぼ》けた音なら、今度のは目の醒《さ》めた音である。お母様が隣の奥さんにその事を話すと、あれは琴を商売にしている人ではない。杉勢の弟子で、五軒町《ごけんちょう》[4]に住んでいる娘である。代稽古に来る娘が病気なので、好意で来てくれたということであった。そのうちその琴の上手な娘が、お母様に褒められたのを聞いて、それではいつか往《い》って弾いて聞かせようと云った。

それから折々内《うち》に寄るので、僕が休日に帰っていて落ち合うこともある。子供の時にHydrocephalus[5] でもあったかというような頭の娘で、髪がやや薄く、色が蒼《あお》くて、下瞼《したまぶた》が紫色を帯びている。性質はごく勝気《かちき》である。琴はいかにもvirtuoso[6] の天《てん》賦《ぷ》を備えている。これがもし琴を以て身を立てようとする人であったら、師匠に破門せられて、別に一流を起すという質《たち》かも知れない。

この娘が段々お母様と親密になって、話のついでに、遠廻しのようで、実はすこぶる大胆に、僕の妻になりたいということをほのめかすのである。お母様が、倅《せがれ》も卒業すれば、是非《ぜひ》洋行をさせねばならないが、卒業試験の点数次第で、官費で遣《や》られるか、

1 結婚しないでいること。 2 お金を援助して関係を持っていた。 3 師匠の代理で稽古をつけること。 4 現・東京都千代田区外神田周辺。 5 （英）脳水腫。水頭症。 6 （英）達人。

どうだか知れないと話すと、わたくしがお金を持っていれば、あるだけ出して学資にして戴《いただ》きとうございますなどと云《い》う。

お母様にもこの娘の怜悧《れいり》[1]なのが気に入る。そこで身元などを問い合わせて見られる。このお麗《れい》さんという娘はかなりの役を勤めていた士族の娘で、父親に先立たれて、五軒町の借屋に母親と一《いっ》しょに住んでいる。しかし妙なことには、その家にお兄《に》いさんというのがいて、よほどお人好《よし》と見えて、お麗さんに家来のように使われている。それが実は壻《むこ》養子に来たものだということである。壻養子に来たのではあるが、お麗さんはその人の妻になりたくないから、家をその人に遣《や》って、自分はどこかへ娵《よめ》に行きたいと云っている。そしてお麗さんの望《のぞみ》は、少《すくな》くも学士位な人を夫に持ちたいというのだそうだ。そこで僕がその選《せん》に中《あた》ったという訣《わけ》である。

お母様にはそのお兄いさんというもののいるのが気に入らない。僕はこの怜悧で活《かっ》潑《ぱつ》な娘が嫌《いや》ではないが、早く妻を持とうという気はないのだから、この話はどうなるともなしに、水が砂地に吸い込まれるように、立消《たちぎえ》になってしまった。

これは性欲問題では勿論《もちろん》ない。そんならと云って、恋愛問題とも云われまい。言わば起《おこ》り掛かって止《や》んだ縁談に過ぎないが、思い出したから書いて置く。お麗さんは望どおりに或《あ》る学士の奥さんになって横浜あたりにいるということである。

＊　＊　＊　＊　＊　＊

十八になった。

夏休《なつやすみ》の間《あいだ》の出来事である。卒業試験が近くなるので、どこかいつもより静かな処《ところ》にいて勉強したいと思った。さいわい向島《むこうじま》の家が借手《かりて》がなくて明《あ》いている。そこへ書物を持って這入《はい》る。お母《かあ》様が二三日来ていて、世話をして下さる。しかし材料さえ集めて置いてもらえば、僕が自炊をするというのである。お母様は覚束《おぼつか》ないと仰《おっし》ゃる。

この話を隣の植木屋が聞いた。お父《とう》様が畠《はたけ》に物を作る相談をせられるので、心安くなっていた植木屋である。この植木屋のお上《かみ》さんが、親切にもこういう提議をした。植木屋にお蝶という十四になる娘がある。体は十六位《くらい》かと見えるように大きいが、まるで子供である。煮《に》炊《たき》もろくな事は出来ない。しかし若旦那よりは上手であろう。これを貸してくれようと云うのである。お母様は同意なすった。僕も初《はじめ》から女を置くということには反対していたが、鼻を垂らして赤ん坊を背負っていたのを知っている、あのお蝶なら好かろうというので、同意した。

お蝶は朝来て夜帰る。むくむくと太った娘で、大きな顔に小さな目鼻が附いている。

1　かしこいこと。

もう鼻は垂らさない。島田《しまだ》に結《い》っている。これは僕のお召使になるというので、自ら好んで結ってもらったのだそうだが、大きな顔の上に小さい島田髷《まげ》が載っている工合《ぐあい》は随分可笑《おか》しい。

飯の時にはお蝶がお給仕をする。僕はその様子を見て、どうしても蝶ではなくて蛾《が》の方《ほう》だなどと思っている。見るともなしに顔を見る。少し竪《たて》に向いて附いた眉の下に、水平な目があるので、内眦《めがしら》の処《ところ》が妙にせせこましくなっている。俯向《うつむ》いてその目で僕を見ると、滑稽《こっけい》を帯びた愛敬《あいきょう》がある。

お蝶は好く働く。僕は飯の時に給仕をさせるだけで、跡《あと》は何をしていようと構わない。お菜《さい》は何にしましょうと云《い》って来ると、何でも好いから、お前の内《うち》で拵《こしら》えるような物を拵えろと云う。そんな風で二週間ほど立った。

或日《あるひ》今年は親類の内に往《い》っていると聞いていた尾藤裔一《えいいち》が来た。僕は学科の本に読み厭《あ》きていたので、喜んで話しかけたが、裔一はひどく萎《しお》れている。僕は不審に思った。

「君どうかしているようじゃないか。」

「僕は本科に這入《はい》ることは廃《や》めた。」

「どうして。」

「実は君には逢わずに国へ立ってしまおうと思ったのだ。ところが、親父に暇乞《いとまごい》[1]に来て聞けば、君がいるというので、つい逢いたくなって遣《や》って来た。」

お蝶が茶を持って出た。斎一は茶を一息に飲んで話を続けた。斎一の学資は父親の手から出ていない。木挽町《こびきちょう》に店を出している伯父が出していたのである。その伯父の所帯が左前《ひだりまえ》[2]になったので、いよいよ廃学をしなくてはならないようになった。そこで国へ帰って小学校の教員でもしようかと思っている。しかし教員になるにしても、その旁《かたわら》何か遣りたい。西洋の学問をするには、素養が不十分な上に、新しい本を買うのは容易でない。そこで一時の凌《しの》ぎにと云って、伯父の出してくれた金の大部分は漢籍にしてしまった。それを持って国へ引込んで読むというのである。

僕は気の毒でたまらなかった。しかし何とも言いようがない。意味のない慰めなんぞを言うと、斎一は怒りかねない。しかたなしに黙っていた。

間《ま》もなく斎一は帰ると云った。そして立ちそうにして立たずに、すこぶる唐突《とうとつ》にこんな事を言い出した。

「僕の伯父の立ち行かなくなったのは、元はおばのためだ。」

1　お別れのあいさつ。　2　経営がうまく行かない様子。

「おばさんはどんな人なんだ。」

「伯父が一人でいたときの女中だ。」

「ふむ。」

「それがどうしても離れないのだ。女房に内助なんということを要求するのは無理かも知れないが、訣《わけ》の分らない奴《やつ》が附いていて離れないというものは、人生の一大不幸だなあ。さようなら。」

斎一《えいいち》はふいと帰って行った。

僕はあっ気《け》に取られて跡《あと》を見送った。戸口に掛けてある簾《すだれ》を透して、[1]冠木門《かぶきもん》を出て行く友の姿が見える。白地の浴衣《ゆかた》に麦稈帽《むぎわらぼう》を被《かぶ》った斎一は、午過《ひるすぎ》の日のかっかと照っている、かなめ垣《がき》の道に黒い、短い影を落しながら、遠ざかって行く。

斎一は置土産《おきみやげ》に僕を[2]諷諫《ふうかん》したのである。僕はちょっと腹が立った。何もその位《くらい》な事を人に聞かなくても好いと思う。それも人による。万事に掛けて自分よりは鈍いように思っていた斎一には、出過ぎた話だと思う。その上お蝶が何だ。こっちはまるで女とも何とも思ってはいないのではないか。人を識《し》らないのだ。[3]寃《えん》もまた甚《はなは》しいと思ったのである。

机に向いて読み掛けていた本を開《あ》ける。どうも斎一の云《い》ったことが気になる。僕はお蝶を何とも思ってはいない。しかしお蝶はどうだろう。僕とお蝶とはほとんど話というものをしないから、お蝶が何と云ったというような記憶はない。何か記憶に留まった事はないかと思うと、ふいと今朝《けさ》の事を思い出す。今朝散歩に出た。出るときお蝶は蚊屋《かや》を畳み掛けていた。三十分も歩いたと思って帰って見ると、お蝶は畳んだ蚊屋を前に置いて、目は空《くう》を見てぼんやりしてすわっていた。もう疾《とっ》くに片付けてしまっているだろうと思ったのに、意外であった。その時僕は少し懶《なま》けて来たなと思った。あの時お蝶は三十分が間《あいだ》も何を思っていたのだろう。こう思って、僕は何物をか発見したような心持《こころもち》がした。

この時から僕はお蝶に注意するようになった。別な目でお蝶を見る。飯の給仕をしてくれる時に、彼《かれ》の表情に注意する。注意して見ると、こういう事がある。初《はじめ》の頃《ころ》は俯向《うつむ》いてはいたが、度々《たびたび》僕の顔を見ることがあった。それがこの頃はほとんど全く僕の顔を見ない。彼の態度は確《たしか》に変って来たのである。

僕は庭なぞを歩くとき、これまでは台所の前を通っても、中でことこと言わせてい

1 笠木を門柱の上部に渡した屋根の無い門。 2 遠まわしに諫《いさ》めること。それとなく忠告すること。
3 無実の罪。ぬれぎぬ。

るのを聞きながら、其方を見ずに通ったのが、今度は見て通る。物なんぞを洗い掛けて手を休めて、空《くう》を見て、じっとしているのが目に附く。何か考えているようである。

また飯の給仕に来る。僕の観察の目が次第に鋭くなる。彼は何も言わず、顔も上げずにいるが、彼の神経の情態が僕に感応して来るような気がする。彼の体が電気か何かの蓄積している物体ででもあるように感ぜられる。そして僕は次第に不安になって来た。

僕は本を見ていても、台所の方《ほう》で音がすれば、お蝶は何をしているのかと思う。呼べばすぐに来る。来るのは当《あた》りまえではあるが、呼ぶのを待っていたなと思う。夕《ゆう》かたになると暇乞《いとまごい》をして勝手の方へ行く。そして下駄を穿《は》いて出て、戸を締《し》める音がするまで、僕は耳を欹《そばだ》てている。そしてその間の時間が余り長いように思う。彼は帰り掛けて、僕の呼び戻すのを待っているのではないかと思う。僕の不安はいよいよ加わって来たのである。

その頃《ころ》僕はこんな事を思った。尾藤裔一《えいいち》は鋭敏な男ではない。しかし彼は父親の処《ところ》にいる時も、伯父の処にいる時も、僕の内《うち》とは違う雰囲気の中に栖息《せいそく》していたのである。そこでちょっと茶を持って出ただけのお蝶の態度を見て、何物かを発見したのではあるまいかと思った。

或日《あるひ》お母様がお出《いで》なすった。僕は、もう向島は嫌《いや》になったから、小菅《こすげ》に帰ろうと思うと云《い》った。お母様は、そんな事なら、何故《なぜ》葉書でもよこさなかったかと仰《おっし》ゃる。僕は、[2]切角《せっかく》手紙を出そうと思っていた処だと云った。実はお母様のお出《いで》なすったのを見て、急に思い附いたのである。僕はお母様に、お蝶と植木屋のものとに跡《あと》を片附けさせて帰って下さるように頼んで置いて、本を二三冊持って、ついと出て、小菅へ帰った。

お蝶の精神か神経かの情態に、何か変ったことがあったかどうだか、恋愛が芽ざしていたか、性欲が動いていたか、それとも僕の想像が跡形もない事を描き出したのであったか、僕はとうとう知らずにしまった。

＊　＊　＊　＊　＊

十九になった。

七月に大学を卒業した。表向《おもてむき》の年齢を見て、二十《はたち》になったばかりで学士になるとは珍らしいと人が云った。実は二十にもなってはいなかった。とうとう女というものを知らずに卒業した。これは確《たしか》に古賀と児島とのお蔭《かげ》である。そして児島だけは、僕よ

1　生息と同じ。生きて住んでいること。　2　ちょうど。

り年は上であったが、やはり女を知らなかったらしい。

その当座宴会がむやみにある。上野の[1]松源《まつげん》という料理屋がその頃盛《ころさかり》であった。そこへ卒業生一同で教授を[2]請待《しょうだい》した。[3]数寄屋町《すきやまち》、[4]同朋町《どうぼうちょう》の芸者やお酌《しゃく》が大勢来た。宴会で芸者を見たのはこれが始《はじめ》である。

今でも学生が卒業する度《たび》に謝恩会ということがある。しかし今からあの時の事を思って見ると、客も芸者も風が変っている。

今は学士になると、別に優遇はせられないまでも、ひどく粗末にもせられないようだ。あの頃《ころ》は僕なんぞをば、芸者がまるで人間とは思っていなかった。

あの晩の松源の宴会は、はっきりと僕の記憶に残っている。床の間の前に並んでいる教授がたの処《ところ》へ、卒業生が交《かわ》る交《がわ》るお杯《さかずき》を頂戴しに行く。教授の中には、わざと卒業生の前へ来て胡座《あぐら》をかいて話をする人もある。席は大分入り乱れて来た。僕はぼんやりしてすわっていると、左の方から僕の鼻の先へ杯を出したものがある。

「あなた。」

芸者の声である。

「うむ。」

僕は杯を取ろうとした。杯を持った芸者の手はひょいと引込んだ。

「あなたじゃありませんよ。」

芸者は窘《たしな》めるように、ちょいと僕を見て、僕の右前の方の人に杯を差した。笑談《じょうだん》ではない。笑談を粧《よそお》ってもいない。右前にいたのは某教授であった。芸者の方にはほとんど背中を向けて、右隣の人と話をしておられた。僕の目には先生の[5]絽《ろ》の羽織《はおり》の紋が見えていたのである。先生はやっと気が附いて杯を受けられた。僕がいくらぼんやりしていても、人の前に出した杯を横から取ろうとはしない。僕は羽織の紋に杯を差すものがあろうとは思い掛けなかったのである。

　僕はこの時忽《たちま》ち[6]醒覚《せいかく》したような心持《こころもち》がした。譬《たと》えば今まで波の渦巻の中にいたものが、岸の上に飛び上がって、波の騒ぐのを眺めるようなものである。宴会の一座が純客観的に僕の目に映ずる。

　教場でむつかしい顔ばかりしていた某教授が[7]相好《そうごう》を崩して笑っている。僕のすぐ脇の卒業生を摑《つか》まえて、一人の芸者が、「あなた私《わたし》の名はボールよ、忘れちゃあ嫌《いや》よ」

1 上野の不忍池《しのばずのいけ》畔にあった料亭。『雁』にも登場する。 2 招いてもてなすこと。 3 旧・下谷区（現・台東区）にあった町名。次の同朋町とともに芸者が多く暮らしていた。 4 旧・下谷区（現・台東区）にあった町名。 5 夏の着物に用いる絹地の織物。透けて見えるようで清涼感がある。 6 目がさめること。 7 表情。

と云《い》っている。お玉とでも云うのであろう。席にいただけのお酌《しゃく》が皆立って、笑談《じょうだん》半分に踊っている。誰も見るものはない。杯《さかずき》を投げさせて受け取っているものがある。お酌の間へ飛び込んで踊るものがある。置いてある三味線を踏まれそうになって、慌てて退《の》ける芸者がある。さっき僕にけんつく[1]を食わせた芸者はねえさん株と見えて、頻《しき》りに大声を出して駈け廻って世話を焼いている。

　僕の左二三人目に児島がすわっている。彼はぼんやりしている。僕の醒覚《せいかく》前の態度と余り変っていないようだ。その前に一人の芸者がいる。締《しま》った体の権衡《けんこう》[2]が整っていて、顔も美しい。もし眼窩《がんか》[3]の縁《ふち》を際立たせたら、西洋の絵で見るVesta[4]のようになるだろう。初め膳を持って出て配った時から、僕の注意を惹《ひ》いた女である。傍輩《ほうばい》[5]に小《こ》幾《いく》さんと呼ばれたのまで、僕の耳に留《と》まったのである。その小幾が頻りに児島に話し掛けている。児島は不精不精《ふしょうぶしょう》に返詞《へんじ》をしている。聞くともなしに、対話が僕の耳に這《は》入《い》る。

「あなた何が一番お好《すき》。」

「橘飩《きんとん》が旨《うま》い。」

　真面目な返詞である。生年二十三歳の堂々たる美丈夫《びじょうふ》[6]の返詞としては、不思議ではないか。今日《こんにち》の謝恩会に出る卒業生の中には、捜してもこんなのがいないだけはたしかである。頭が異様に冷《ひやや》かになっていた僕は、間《ま》の悪いような可笑《おか》しいような心持《こころもち》がした。

「そう。」

優しい声を残して小幾は席を立った。僕は一種の興味を以て、この出来事の成行《なりゆき》を見ている。暫《しばら》くして小幾はかなり大きな丼を持って来て、児島の前に置いた。それは橘飩であった。

児島は宴会の終るまで、橘飩を食う。小幾はその前にきちんとすわって、橘飩の栗が一つ一つ児島の美しい唇の奥に隠れて行くのを眺めていた。

僕は小幾がために、児島のなるたけ多くの橘飩を、なるたけゆっくり食わんことを祈って、黙って先へ帰った。

後に聞けば、小幾は下谷《したや》[7]第一の美人であったそうだ。そして児島はただこの美人の擎《さ》[8]げ来《きた》った橘飩を食ったばかりであった。小幾は今某政党の名高い政治家の令夫人

1 漢字で「剣突」。荒い小言。 2 バランス。 3 眼球が入っている頭骸骨の穴。 4 ベスタ。ローマ神話の火の女神。 5 (芸者)仲間。 6 美貌の若者。 7 現・台東区の地名。東京市では下谷区として三十五区の一つで芸者が多く暮らした地域だった。 8 ささげ持って来た。

である。

＊　＊　＊　＊　＊

二十《はたち》になった。

新しい学士仲間は追々《おいおい》口を捜して、多くは地方へ教師になりに行く。僕は卒業したときの席順が好いので、官費で洋行[1]させられることになりそうな噂がある。しかしそれがなかなか極《き》まらないので、お父《とう》様は心配してお出《いで》なさる。僕は平気で小菅《こすげ》の官舎の四畳半に寝転んで、本を見ている。

遊びに来るものもめったにない。古賀は某省の参事官になって、女房を持って、女房の里に同居して、そこから役所へ通《かよ》っている。児島はそれより前に、大阪の或《ある》会社の事務員になって、東京を立った。それを送りに新橋《しんばし》へ行ったとき、古賀が僕に囁語《ささや》いだ。「僕のかかあになってくれるというものがあるよ。妙ではないか。」これは謙遜したのではない。児島に比べては、よほど世情に通じている古賀も、さすが三角同盟の一隅だけあって、無邪気なものである。僕は妙とも何とも思わなかった。

僕にも縁談を持って来るものがある。お母《かあ》様の考《かんがえ》では、たとい洋行をさせられるにしても、妻は持って置く方が好いというのである。お父様には別に議論はない。そこでお母様が僕にお勧《すすめ》なさるが、僕は生返詞《なまへんじ》をしている。お母様には僕の考が分らない。

僕はまた考はあっても言いたくない。言うにしても、すこぶる言いにくいような気がする。お母様は根気好くお尋《たずね》なさる。僕は或日ついつい追い詰められて、こんな事を言った。

　妻というものを、どうせいつか持つことになるだろう。持つには嫌《いや》な奴《やつ》では困る。嫌か好《すき》かをこっちで極《き》めるのは容易である。しかし女だって嫌な男を持っては困るだろう。生んでもらった親に対して、こう云《い》うのは、恩義に背《そむ》くようではあるが、女が僕の容貌《ようぼう》を見て、好《すき》だと思うということは、ちょっと想像しにくい。あるいは自知《じち》[2]の明《めい》のあるお多福《たふく》が、僕を見て、あれで我慢をするというようなことはないにも限るまい。しかし我慢をしてくれるには及ばない。そんな事はこっちから辞退したい。そんなら僕の霊[3]の側はどうだ。余り結構な霊を持ち合わせているとも思わないが、これまで色々な人に触れて見たところが、僕の霊がそう気恥かしくて、包み隠してばかりいなければならないようにも思わない。霊の試験を受ける事になれば、僕だって必ず落第するとも思わない。さて結婚の風俗を見るに、容貌の見合はあるが、霊の見合はな

1　欧米へ留学すること。　2　自分のことをよくわきまえること。ここでは自分の容貌をわきまえた女性が金井との結婚を承諾すること。　3　容貌や外見ではない精神面。

い。その容貌《ようぼう》の見合でさえ、媒《なかだち》をするものの云《い》うのを聞けば、いつでも先方では見合を要せないと云っているということだ。女は好嫌《すききらい》を言わない。ただこっちが見て好嫌を言えば好いというのだ。娘の親は売手で、こっちが買手ででもあるようだ。娘はまるで物品扱を受けている。羅馬《ローマ》[1]法にでも書いたら、奴隷と同じように、res[2]としてしまわねばならない。僕は綺麗《きれい》なおもちゃを買いに行く気はない。

　ざっとこう云うような事を、なるたけお母様に分るように説明して見た。お母様は、僕が霊では落第しないが、容貌では落第しそうだと云うのが、大不服である。「わたしはお前を片羽に産んだ覚えはない」と、憤慨に堪えないような口気《こうき》で仰《おっし》ゃる。これには僕もひどく恐縮せざることを得ない。それから男が女を択《えら》ぶように、女も男を択ぶのが、正当な見合であるということも、お母様は認めて下さらない。お母様の仰《おっし》ゃるには、おお方《かた》そんな事を言うのは、男女同権とかいう話と同じ筋の話だろう。昔から町家《まちや》の娘には、見合で壻《むこ》をことわるということがあった。侍の娘は男の魂を見込んで娵《よめ》に往《い》くのだから、男の顔を見てかれこれ云うはずはない。それが日本ばかりの事であっても、好い事なら好いではないか。しかしお父様のお話を聞いたうちに、西洋[3]の王様が家来を隣国へ遣《や》って娵を見させるという話があった。そうして見れば、西洋でも王様なんぞは日本流に娵を取られると見えると、こう仰《おっし》ゃる。僕は、西洋の事なんぞは、なるたけ言わないようにしているのに、お母様に西洋の例を引いて弁じ附けられて、僕は少し狼狽《ろうばい》した。

僕の方にはまだ言いたい事は沢山あったが、この上反駁《はんばく》を試みるのも悪いと思って、それきりにしてしまった。

この話をして間《ま》もなく、お父様の心安くしていらっしゃる安中《あんなか》という医者が来て、或《あ》る[4]大名華族の末家の令嬢を貰《もら》えと勧めた。令嬢は[5]番町《ばんちょう》の一条という画家の内《うち》におられる。いつでも見せて遣るということである。お母様は例によってお勧《すすめ》なさる。

僕はふと往って見る気になった。それが可笑《おか》しい。そのお嬢さんを見ようと思うのではなくて、見合というものをして見ようと思うのであった。少し無責任な事をしたようではあるが、僕はどんなお嬢さんでも貰わないと極《き》めていた訣《わけ》ではない。貰う気になったら貰おうとだけは思っていたのである。

三月頃でもあったか、まだ寒かった。僕は安中に連れられて、番町の一条の内へ行

1 古代ローマで制定された法。西欧の多くの国の法律の起源。 2 (羅)所有物であることを示す語。 3 前の月『スバル』に掲載した小説「魔睡」に登場するトリスタンとイゾルデの物語も隣国から花嫁を連れて来る展開。 4 江戸時代の大名家で、明治維新後に華族に列せられた人を指す。 5 旧・麹町《こうじまち》区(現・千代田区)の地名。旗本の武官(番方《ばんかた》と呼ばれた)が多く住んだことからその名がある。

った。黒い冠木門《かぶきもん》のある陰気なような家であった。主人の居間らしい八畳の間《ま》に通された。安中と火鉢を囲んで雑談をしていると、主人が出て逢われた。五十ばかりの男で、[1]磊落《らいらく》な態度である。画《え》の話なぞをする。暫《しばら》くして奥さんが令嬢を連れて出られた。主人夫婦は色々な話をして座を持っておられる。ゆっくり話して行け、酒を飲むなら酒を出そうかと云《い》う。僕は酒は飲まないと云う。主人がそんなら何を御馳走《ごちそう》しようかと云って、首を傾ける。その頃《ころ》僕は齲歯《むしば》に悩まされていて、内《うち》ではよく[2]蕎麦掻《そばがき》を食っていた。そこで、御近所に蕎麦の看板があったから、蕎麦掻を御馳走になろうと云った。主人がこれは面白い御注文だと云って笑う。奥さんが女中を呼んで言い付ける。令嬢はこの時まで奥さんの右の方《ほう》に、大人《おとな》しくすわって、膝に手を置いておられた。ふっくりした丸顔で、目尻が少し吊《つ》り上がっている。俯向《うつむ》かないで、正面を向いていて、少しもわるびれた様子がない。顔にはこれという表情もなかった。それが蕎麦掻の注文を聞いて、思わずにっこり笑った。

僕は蕎麦掻の注文をしてしまって、児島の橘飩《きんとん》にも[3]譲らないと思って、ひとりで可笑《おかし》がった。暫くは蕎麦の話が栄える。主人も蕎麦掻は食べる。ある時病気で、粒立《つぶだ》った物が食えないので、一月も蕎麦掻ばかり食っていたと云う。奥さんが、あの時はほんとに呆《あき》れたと云って、気が附いて僕にあやまる。

僕は蕎麦掻を御馳走になって帰った。主人夫婦に令嬢も附いて、玄関まで送られた。帰道に安中が決答を促したが、僕は何とも云うことが出来ない。それは自分でも分らないからである。僕はお嬢さんを非常な美人とは思わない。しかし随分立派なお嬢さんだとは思っている。品格はたしかに好い。性質は分らないが、どうもねじくれた処《ところ》なぞがありそうにはない。素直らしい。そんなら貰《もら》いたいかと云うと、少しも貰いたくない。嫌《いや》では決してない。もし自分の身の上に関係のない人であって、僕が評をしたら、好《す》きな娘だと云うだろう。しかしどうも貰う気になられない。なるほど立派なお嬢さんだが、あんなお嬢さんは外《ほか》にもあろう。何故《なぜ》あれを特に貰わねばならないか分らないなどと思う。そんな事を考えては、娵《よめ》に貰う女はなくなるだろうと、自ら駁《ばく》しても見る。しかしどうも貰う気になられない。僕は、こんな時に人はどうして決心をするかと疑った。そして、あるいは人は性欲的刺戟を受けて決心するのではあるまいか。それが僕には闕《か》けているので、好いとは思っても貰いたくならないのではないかと思った。僕が何か案じているのを安中は見て取って、「いずれ改めて伺います」

1　小さな事にこだわらないこと。おおらかなこと。　2　蕎麦の実を粉末にして熱湯で捏《こ》ね上げた食べ物。消化が良く栄養がある。　3　突飛な注文ということで負けていない。

と云《い》って、[1]九段《くだん》の上で別れた。

内《うち》へ帰ると、お母様が待ち受けて、どうであったかとお問《とい》なさる。僕は猶予する。

「まあ、どんな御様子な方だい。」

「そうですねえ。容貌《ようぼう》端正というような嬢さんです。目が少し吊《つ》り上がっています。着物は僕には分らないが、黒いような色で、下に白襟を襲《かさ》ねていました。帯に[2]懐剣《かいけん》を挿《さ》していても似合いそうな人です。」

僕のふいと言った形容が、お母様にはひどくお気に入った。懐剣を持っていそうなと云うのが、お母様には頼もしげに思われるのである。そこで随分熱心に勧められる。安中も二三度返詞《へんじ》を聞きに来る。しかし僕はついつい決答を与えずにしまった。

ほど経《へ》てこのお嬢さんは、僕の識《し》っている宮内省の役人の奥さんになられたが、一年ばかりの後に病死せられた。

＊　＊　＊　＊　＊　＊

同じ年の冬の初《はじめ》であった。

来年はいよいよ洋行が出来そうだという噂がある。相変らず小菅《こすげ》の内にぶらぶらしている。

千住《せんじゅ》に詩会があって、会員の宅で順番に[3]月次会《つきなみかい》を開く。或日《あるひ》その会で[4]三輪崎霽波《みわざきせいは》という詩人と近附《ちかづき》になった。その霽波が云うには、自分は自由新聞の[5]詞藻《しそう》欄を受け持っているが、何でも好いから書いてくれないかと云う。僕はことわった。しかし霽波が[6]立って勧める。そんなら匿名でも好いかと云うと、好いと云う。僕は厳重に秘密を守ってもらうという条件で承知した。

その晩帰って何を書いたら好かろうかと、寝ながら考えたが、これという思付《おもいつき》もない。翌日は忘れていた。その次の朝、内で[7]鈴木田正雄時代から取っている読売新聞を見ると、自分の名が出ている。哲学科を優等で卒業した金井湛《しずか》氏は自由新聞に筆を取られる云々《うんぬん》と書いてある。僕は驚いて、前々晩の事を思い出した。そしてこう思った。僕は秘密を守ってもらう約束で書こうと云った。その秘密を先方が守らない以上は、書かなくても好いと思った。

1 九段坂のこと。現・千代田区の靖国神社の前から神保町にかけての長い坂。 2 ふところに入れておく護身用の短刀。 3 月に一回開催する集まりのこと。月例会。 4 モデルと推定されるのは宮崎晴瀾《せいらん》(一八六八―一九四四)。森槐南《かいなん》に詩を学び、自由党系の『自由新聞』『長野新聞』の主筆として活動した。明治二十九(一八九六)年漢詩集『晴瀾焚詩《ふんし》』を刊行。 5 「詞藻」とは主に漢詩文のことで、現在の文芸欄に相当。 6 強いて。是非とも。 7 一八四五―一九〇五。明治七(一八七四)年創刊の『読売新聞』初代編集長として参画し全国紙への成長に貢献。

そうすると霽波《せいは》から催促の手紙が来る。僕は条件が破れたから書かないと返詞《へんじ》をする。とうとう霽波が遣《や》って来た。

「どうも読売の一条《いちじょう》[1]は実に済まなかった。どうかあの一条だけは勘弁して、書いてくれ給《たま》え。そうでないと、僕が社員に対して言《げん》[2]を食《は》むようになるから。」

「ふむ。しかし僕があれほど言ったのに、何だって君は読売なんぞに吹聴《ふいちょう》するのだ。」

「僕が何で吹聴なんかをするものかね。」

「それではどうして出たのだ。」

「そりゃあこうだ。僕は社で話をした。勿論《もちろん》君に何も言わない前から、社で話をしていたのだ。僕が仙珠吟社《せんじゅぎんしゃ》[3]へ請待《しょうだい》せられて行って、君に逢ったというと、社長を始め、是非《ぜひ》君に何か書かせてくれろと云《い》う。僕は何とも思わずに受け合った。そこで君に話して見ると、なかなか君がむつかしい事を言う。それを僕が蘇張《そちょう》[4]の舌で口説《くど》き落したのだ。それだから社に帰って、僕は得意で復命したのだ。読売へは誰か社のものが知らせたのだろう。それは僕には分らない。僕は荊《いばら》[5]を負うことを辞せない。平蜘蛛《ひらぐも》[6]になってあやまる。どうぞ書いてくれ給え。」

「好《い》いよ。書くよ。しかし僕には新聞社の人の考《かんがえ》が分らない。僕がこれまでにない一番若い学士だとか、優等で卒業したとかいうので、新聞に名が出た。そいつにどんな物を書くか書かせて見ようというような訣《わけ》だろう。そこで僕の書くものが旨《うま》かろうが、まずかろうが、そんな事は構わない。[7]Sensation は sensation だろう。しかしそういうのは、新聞経営者として実に[8]短見《たんけん》ではあるまいか。僕の利害は言わない。新聞社の利害を言うのだ。それよりは黙って僕の匿名で書いたものを出してくれる。それがまずければそれなりに消滅してしまう。いくらまずくても、何故《なぜ》あんなものを出したかと、社が非難せられるほどの事もあるまい。万一僕の書いたものが旨かったら、あれは誰だということになるだろう。その時になって、君の社で僕を紹介してくれたって好《い》いではないか。そこで新聞社に[9]具眼《ぐがん》の人があって、僕を発見したとなれば、社の名誉ではないか。僕はそう旨く行こうとは思わない。しかし文学士何の某《なにがし》というような名ばかりを振り廻すのが、社の働《はたらき》でもあるまいと思うから言うのだ。」

1 一つの事件などの一部始終。一件。 2 前と違うことを言うこと。嘘をつく。 3 「仙珠」は当時鷗外が居住していた千住の当て字で「吟社」は主に漢詩人の結社。 4 雄弁。中国の戦国時代の雄弁家蘇秦《そしん》と張儀《ちょうぎ》の名前が由来。 5 「荊」は罪人を打つ茨《いばら》のむち。『史記』(廉頗藺相如伝)の故事から、それを背負い相手からの処罰を求める、つまり謝罪する意。 6 平身低頭する様子。 7 (英)好奇心を刺激する事件。 8 見通しが浅い(間違った)意見。 9 見識を備えた人物。

「いや。君の言うことは一々尤《もっと》もだ。しかしそんな話は、戦国の人君《じんくん》に1礼楽《れいがく》を起せというようなものだねえ。」

「そうかねえ。新聞社なんというものは存外《ぞんがい》分らない人が寄っているものと見えるねえ。」

「いやはや。これは御挨拶だ。あはははは。」

こんな話をして霽波《せいは》は帰った。僕は霽波が帰るとすぐに机に向って、新聞の二段ばかりの物を書いて、郵便で出した。こんな物を書くに、推敲《すいこう》も何もいらないというような高慢も、多少ないことはなかった。

翌日それを第一面に載せた新聞が届く。夜になって届いた原稿であるから、よほどの繰合せをしてくれたものだということは、僕は後に聞いた。霽波の礼状が添えてある。

この新聞は今でもどこかにしまってあるはずだが、今出して見ようと思っても、ちょっと見附からない。何でもよほど変なものを書いたように記憶している。頭も尻尾《しっぽ》もないような物だった。その頃《ころ》は新聞に雑録というものがあった。2朝野《ちょうや》新聞は3成島《なるしま》柳北《りゅうほく》先生の雑録で売れたものだ。真面目な考証に洒落《しゃれ》が交《まじ》る。論の奇抜《きばつ》を心掛ける。4警句《けいく》の警束を覗《うかが》う。どうかするとその警句が人口に膾炙《かいしゃ》したものだ。その頃僕は某教授に借りて、Eckstein[5]の書いたfeuilleton[6]の歴史を読んでいたので、まず雑録の体裁で、西洋のfeuilletonの趣味を加えたものと思って書いて見たのだ。

僕の書いたものは、多少の注意を引いた。二三の新聞に尻馬《しりうま》に乗ったような投書が出た。僕の書いたものは抒情的な処《ところ》もあれば、小さい物語めいた処もあれば、考証らしい処もあった。今ならば人が小説だと云《い》って評したのだろう。小説だと勝手に極《き》めて、それから雑報にも劣っていると云ったのだろう。情熱という語はまだなかったが、あったら情熱がないとも云ったのだろう。衒学《げんがく》[7]なんという語もまだ流行らなかったが、流行っていたらこの場合に使われたのだろう。その外《ほか》、自己弁護だなんぞという罪名もまだなかった。僕はどんな芸術品でも、自己弁護でないものはないように思う。それは人生が自己弁護であるからである。あらゆる生物の生活が自己弁護であるからである。木の葉に止まっている雨蛙は青くて、壁に止まっているのは土色をしている。

1 行いをつつしませる礼儀と心をやわらげる音楽。　2 明治七(一八七四)年創刊の新聞。成島柳北、末広鉄腸《すえひろてっちょう》らが活躍。　3 一八三七―八四。幕末に外国奉行を務めた幕臣で漢詩人、作家。『朝野新聞』の社長を務め、雑録で人気を得た。後に鷗外も愛読した雑誌『花月新誌』(六九頁注10参照)を刊行した。　4 描く対象の本質に迫る奇抜な表現。　5 エクスタイン(一八四五―一九〇〇)。ドイツの作家。　6 (仏)新聞の学芸欄のこと。　7 学問や知識をひけらかすこと。

草むらを出没する蜥蜴《とかげ》は背に緑の筋を持っている。沙漠の砂に住んでいるのは砂の色をしている。Mimicry[1] は自己弁護である。文章の自己弁護であるのも、同じ道理である。僕は幸《さいわい》にそんな非難も受けなかった。僕は幸に僕の書いた物の存在権をも疑われずに済んだ。それは存在権の最も覚束《おぼつか》ない、智的にも情的にも、人に何物をも与えない批評というものが、その頃《ころ》はまだ発明せられていなかったからである。

一週間ほど立って、或日《あるひ》の午後霽波《せいは》がまた遣《や》って来た。社主が先日書いてもらったお礼に馳走《ちそう》をしたいというのだから、今から一《いっ》しょに来てくれろと云《い》う。相客《あいきゃく》[2]は原口安斎《あんさい》という詩人だけで、霽波が社主に代って主人役をするというのである。

僕は車を雇って、霽波の車に附いて行った。神田明神《かんだみょうじん》[3]の側の料理屋に這入《はい》った。安斎は先へ来て待っていた。酒が出る。芸者が来る。ところが僕は酒が飲めない。安斎も飲めない。霽波が一人で飲んで一人で騒ぐ。三人の客は、壮士と書生との間《あい》の子という風《ふう》で、最も壮士らしいのが霽波、最も普通の書生らしいのが安斎である。二人は紺飛白《こんがすり》[4]の綿入《わたいれ》に同じ羽織《はおり》を着ている。安斎は大人《おとな》しいが気の利《き》いた男で、霽波と一しょには騒がないまでも、芸者と話もする。杯《さかずき》の取遣《とりやり》もする。

僕は仲間はずれである。その頃《ころ》僕は、お父《とう》様の国で廉《かど》[5]のある日にお着なすった紋附の黒羽二重《くろはぶたえ》[6]のあったのを、お母《かあ》様に為立《した》て直してもらって、それが丈夫で好《い》いというので、ふだん着《ぎ》にしていた。それを着たままで、霽波に連れられて出たのである。そして二尺《しゃく》ばかりの鉄の烟管《きせる》を持っている。これは例の短刀を持たなくても好くなった頃、ちょうど烟草《たばこ》を呑《の》み始めたので、護身用だと云って、拵《こしら》えさせたのである。それで[7]燧袋《ひうちぶくろ》のような烟草入から雲井《くもい》を撮《つま》み出して呑んでいる。酒も飲まない。口も利かない。

しかしその頃の[8]講武所芸者は、随分変な書生を相手にし附けていたのだから、格別驚きもしない。むやみに大声を出して、霽波と一しょに騒いでいる。

十一時半頃になった。女中がお車が揃いましたと云って来た。揃いましたは変だとは思ったが、さほど気にも留《と》めなかった。霽波が先に立って門口《かどぐち》に出て車に乗る。安斎も僕も乗る。僕は「大千住の先の小菅だよ」と車夫に言ったが、車夫は返詞《へんじ》をせず

1 (英)擬態。 2 野口寧斎《ねいさい》(一八六七—一九〇五)がモデルと推定。「謫天情仙《たくてんじょうせん》」の筆名で文芸評論等を執筆、正岡子規とともに「二大病詩人」と称された。 3 現・東京都千代田区外神田に位置する、平将門を祀る神社。 4 紺の地色に白がすりを出した平織りの生地。 5 理由。 6 黒地の羽二重生地。礼服に用いられた。 7 火打《ひうち》道具を入れる袋。石英の一種の「火打石」と鋼鉄片を打ち合わせて火花を起こした。 8 講武所は幕末に旗本や御家人に向けて作られた講習所。初め築地に置かれ後に神田小川町に移転したので、神田周辺の芸者をこう呼んだ。

に梶棒《かじぼう》を上げた。

霽波《せいは》の車が真先《まっさき》に駈け出す。次が安斎、[1]殿《しんがり》が僕と、三台の車が続いて、飛ぶように駈ける。掛声をして、提灯《ちょうちん》を振り廻して、[2]御成道《おなりみち》を上野へ向けて行く。両側の店は大抵戸を締《し》めている。食物店の行灯《あんどん》や、蠟燭《ろうそく》なんぞを売る家の板戸に嵌《は》めた小障子《こしょうじ》に移る明《あか》りが、おりおり見えて、それが逆に後へ走るかと思うようだ。往来の人は少《すく》い。偶々《たまたま》出逢う人は、言い合せたように、僕等の車を振り向いて見る。

車はどこへ行くのだろう。僕は自分の経験はないが、車夫がどこへ行くとき、こんな風に走るかということは知っている。

広小路《ひろこうじ》を過ぎて、[3]仲町《なかちょう》へ曲る角の辺に来たとき、安斎が車の上から後《うしろ》に振り向いて、

「逃げましょう」と云《い》った。安斎の車は仲町へ曲った。

安斎は遺伝の[4]痼疾《こしつ》を持っている。体が人並《ひとなみ》でない。こんな車の行く処《ところ》へは行かれないのである。

僕は車夫に、「今の車に附いて行け」と云った。小菅《こすげ》に帰るには、仲町へ曲ってはだめであるが、とにかく霽波と別れさえすれば、跡《あと》はどうでもなると思ったのである。

僕の車は猶予しながら、仲町の方へ梶棒を向けた。

この時霽波の車は一旦《いったん》[5]三橋を北へ渡ったのが、跡へ引き返して来た。霽波は車の上

から大声にどなった。

「おい。逃げてはいけない。」

僕の車は霽波の車の跡に続いた。霽波は振り返り振り返りして、僕の車を監視している。

僕は再び脱走を試みようとはしなかった。僕が強《し》いて争ったなら、霽波もまさか乱暴はしなかったのだろう。しかし極力僕を引張《ひっぱ》って行こうとしたには違《ちがい》ない。僕は上野の辻《つじ》で、霽波と喧嘩《けんか》をしたくはない。その上僕には負けじ魂がある。僕は霽波に馬鹿にせられるのが不愉快なのである。この負けじ魂は人をいかなる罪悪の深みへも落しかねない、すこぶる危険なものである。僕もこの負けじ魂のために、行きたくもない処へ行くことになったのである。それから僕を霽波に附いて行かせた今一つの[6]factor のあるのを忘れてはならない。それは例の未知のものに引かれる[7]Neugierde である。

1 最後尾。 2 江戸城から上野寛永寺に参詣する道に当たる万世橋から上野広小路までの道。この名称は明治末期まで通用した。 3 上野広小路の先、上野の山下の手前を左に曲った通り。 4 容易に治らない病気。 5 下谷広小路から上野公園への道沿いに三つ並んで架かっていた橋。「御橋」とも表記。 6 (英)要因。 7 (独)好奇心。

二台の車は大門《おおもん》に入った。霽波《せいは》の車夫が、「お茶屋は」と云《い》うと、霽波が叱るように或《あ》る家の名をどなった。何でも Astacidae[1] 族の皮の堅い動物の名である。

十二時をよほど過ぎている。両側の家は皆戸を締《し》めている。車は或る大きな家の、締まった戸の前に止まった。霽波が戸を叩《たた》くと、小さい潜戸《くぐりど》[2]を開《あ》けて、体の恐ろしく敏速に伸屈《のびかがみ》をする男が出て、茶屋がどうのこうのと云って、霽波と小声で話し合った。暫《しばら》く押問答をした末に、二人を戸の内《うち》に案内した。

二階へ上ると、霽波はどこか行ってしまった。一人の中年増《ちゅうどしま》[3]が出て、僕を一間《ひとま》に連れ込んだ。

細長い間《ま》の狭い両側は障子《しょうじ》で、廊下に通じている。広い側の一方は、開き戸の附いた黒塗の簞笥《たんす》に、真鍮《しんちゅう》の金物を繁《しげ》く打ったのを、押入れのような処《ところ》に切り嵌《は》めてある。朱塗の行灯《あんどん》の明《あか》りで、漆と真鍮とがぴかぴか光っている。広い側の他の一方は、四枚の襖である。行灯は箱火鉢《はこひばち》の傍《そば》に置いてあって、箱火鉢には、文火《ぬるび》[4]に大きな土瓶《どびん》が掛かっている。

中年増は僕をこの間《ま》に案内して置いて、どこか行ってしまった。僕は例の黒羽《くろは》二重《ぶたえ》の羊羹色《ようかんいろ》[5]になったのを着て、鉄の長烟管《ながぎせる》を持ったままで、箱火鉢の前の座布団の上に胡坐《あぐら》をかいた。

神田で嫌《いや》な酒を五六杯飲ませられたので、咽《のど》が乾く。土瓶に手を当てて見ると、好い加減に冷えている。傍に湯呑のあったのに注《つ》いで見れば、濃い番茶である。僕は一息にぐっと飲んだ。

その時僕の後《うしろ》にしていた襖がすうと開《あ》いて、女が出て、行灯の傍《そば》に立った。芝居で見たおいらんのように、大きな髷《まげ》を結《い》って、大きな櫛笄《くしこうがい》[6]を挿《さ》して、赤い処の沢山ある胴抜《どうぬき》[7]の裾《すそ》を曳《ひ》いている。目鼻立《めはなだち》の好い白い顔が小さく見える。例の中年増が附いて来て座布団を直すと、そこへすわった。そして黙って笑顔をして僕を見ている。僕は黙って真面目な顔をして女を見ている。

中年増は僕の茶を飲んだ茶碗に目を附けた。

「あなたこの土瓶のをあがったのですか。」

「うむ。飲んだ。」

「まあ。」

1 ザリガニ等の甲殻類のこと。当時有名な妓楼「角海老《かどえび》」と推定される。 2 門の脇にあり潜って出入りする小さな戸口。 3 中ぐらいの年増。二十三、四歳から二十八、九歳ごろ。 4 火の気の弱い火。 5 衣類の染色が褪《さ》めて赤みがかった色になった様子。 6 くしと髪飾り。「笄」は「髪掻《かみがき》」の音便で髪を掻き揚げるのに用いた。 7 袖口や裾などを胴の部分と違う布で仕立てた衣服。

中年増《ちゅうどしま》は変な顔をして女を見ると、女が今度はあざやかに笑った。白い細かい歯が、行灯《あんどん》の明《あか》りできらめいた。中年増が僕に問うた。

「どんな味がしましたか。」

「旨《うま》かった。」

中年増と女とは二《ふた》たび目を見合せた。女が二たびあざやかに笑った。歯が二たび光った。土瓶《どびん》の中のはお茶ではなかったと見える。僕は何を飲んだのだか、今も知らない。何かの煎薬《せんやく》であったのだろう。まさか外用薬ではなかったのだろう。

中年増が女の櫛《くし》道具を取って片附けた。それから立って、黒塗の箪笥《たんす》から1褂《かけ》を出して女に被《き》せた。派手な竪縞《たてじま》の2お召縮緬《めしちりめん》に3紫繻子《むらさきじゅす》の襟が掛けてある。この中年増がいわゆる4番新《ばんしん》というのであろう。女は黙って手を通す。珍らしく繊《ほそ》い白い手であった。

番新がこう云《い》った。

「あなたもう遅うございますから、ちとあちらへ。」

「寝るのか。」

「はい。」

「己《おれ》は寝なくても好《い》い。」

番新と女とは三《み》たび目を見合せた。女が三たびあざやかに笑った。歯が三たび光った。番新がつと僕の傍に寄った。

「あなたお足袋《たび》を。」

この[5]奪衣婆《だつえば》が僕の紺足袋を脱がせた手際は実に驚くべきものであった。そして僕を柔かに、しかも反抗の出来ないように、襖のあなたへ連れ込んだ。

八畳の間《ま》である。正面は床の間で、袋に入れた琴が立て掛けてある。黒塗に蒔絵のしてある[6]衣桁《いこう》が縦に一間《ひとま》を為切《しき》って、その一方に床《とこ》が取ってある。婆《ば》あさんは柔かに、しかも反抗の出来ないように、僕を横にならせてしまった。僕は白状する。番新の手腕はいかにも巧妙であった。しかしこれに反抗することは、絶待的不可能であったのではない。僕の抗抵力《こうていりょく》を麻痺させたのは、たしかに僕の性欲であった。

僕は霽波《せいは》に構わずに、車を言い附けて帰った。小菅の内《うち》に帰って見れば、戸が締《し》まって、内はひっそりしている。戸を叩《たた》くと、すぐにお母様が出て開《あ》けて下すった。

「大《たい》そう遅かったね。」

1 うちかけ。帯を締めた上にうちかけて着る長めの小袖。 2 身分の高い人が着用する高級な縮緬で「おめし」とも言う。縞や無地等の種類がある。　3 滑らかで光沢のある綾絹の織物。 4 「番頭新造」の略。上位の遊女の世話をする、やや年配の女郎。 5 三途の川のほとりで地獄へ行く亡者の衣類を奪うという鬼婆のこと。 6 衣類をかけるのに用いる衝立《ついたて》のような道具。

「はい。非常に遅くなりました。」

お母様の顔には一種の表情がある。しかし何とも仰《おっし》ゃらない。僕にはその時のお母様の顔がいつまでも忘れられなかった。僕はただ「お休《やすみ》なさい」と云《い》って、自分の部屋に這入《はい》った。時計を見れば三時半であった。僕はそのまま床《とこ》にもぐり込んでぐっすり寝た。

翌日朝飯を食うとき、お父様が、三輪崎《みわざき》とかいう男は放縦《ほうしょう》な生活をしているので、酒を飲めば、飲み明かさねば面白くないというような風ではないか、もしそうなら、その男とは余り交際しない方が好かろうと仰ゃった。お母様は黙ってお出《いで》なすった。僕は、三輪崎とは気象が合わないから、親しくするつもりではないと云った。実際そう思っていたのである。

四畳半の部屋に帰ってから、昨日《きのう》の事を想って見る。あれが性欲の満足であったか。恋愛の成就はあんな事に到達するに過ぎないのであるか。馬鹿馬鹿しいと思う。それと同時に僕は意外にも悔《くい》というほどのものを感じない。良心の呵責《かしゃく》というほどのものを覚えない。勿論《もちろん》あんな処《ところ》へ行くのは、悪い事だと思う。あんな処へ行こうと預期《よき》して、自分の家の閾《しきい》を越えて出掛けることがあろうとは思わない。しかしあんな処へ行き当ったのはしかたがないと思う。譬《たと》えて見れば、人と喧嘩《けんか》をするのは悪い事だ。喧嘩をしようと志して、外へ出ることはない。しかし外へ出ていて、喧嘩をしなければならないようになるかも知れない。それと同じ事だと思う。それから或《あ》る不安のようなものが心の底の方に潜《ひそ》んでいる。それはもしや悪い病気になりはすまいかということである。喧嘩をした跡《あと》でも、日が立ってから打身《うちみ》の痛み出すことがある。女から病気を受けたら、それどころではない。子孫にまで禍《わざわい》を遺すかも知れないなどとも思って見る。まず翌日になって感じた心理上の変動は、こんなものであって、思ったよりは微弱であった。そのうえ、ちょうど空気の受けた波動が、空間の隔たるに従って微《かす》かになるように、この心理上の変動も、時間の立つに従って薄らいだ。

それとは反対で、ここに僕の感情的生活に一つの変化が生じて来て、それが日にましはっきりして来た。何だというと、僕はこれまでは、女に対すると、何となく尻籠《しりごみ》をして、いく地《じ》なく顔が赤くなったり、詞《ことば》が縺《もつ》れたりしたものだ。それがこの時から直ったのである。こんな譬《たとえ》は、誰かが何処《どこ》かで、とっくに云っているだろうが、僕は騎士として dub 1 を受けたのである。

この事があってから、当分の間《あいだ》は、お母様が常にない注意を僕の上に加えられるよ

1　(英)剣で肩を軽く平打ちする行為。「騎士《ナイト》」に列せられる儀式。転じて一人前の男になったこと。

うであった。察するに、世間で好く云《い》う病附《やみつき》ということがありはすまいかとお思《おも》なすったのだろう。それは杞《き》憂《ゆう》であった。

僕がもし事実を書かないのなら、僕は吉原《よしわら》という処《ところ》へ往《い》ったのがこれきりだと云いたい。しかし少しも偽らずに書こうと云うには、ここに書き添えて置かねばならない事がある。それはずっと後であった。僕は一度妻を迎えて、その妻に亡くなられて、二度目の妻をまだ迎えずにいた時であった。或《あ》る秋の夕方、古賀が僕の今の内《うち》へ遊びに来た。帰り掛《かけ》に上野辺まで一《いっ》しょに行こうということになった。さて門を出掛けると、三枝《さいぐさ》という男が来合せた。僕の縁家[1]のもので、古賀をも知っているから、一しょに来ようと云う。そこで三人は青石横町《あおいしよこちょう》[2]の伊予紋《いよもん》[3]で夕飯を食う。三枝は下情《かじょう》[4]に通じているのが自慢の男で、これから吉原の面白い処を見せてくれようと云い出す。これは僕が鰥《やもめ》[5]だというので、余りお察しの好《よ》過《す》ぎたのかも知れない。古賀が笑って行こうと云う。僕は不精不精《ふしょうぶしょう》に同意した。

僕等は大門《おおもん》の外で車を下りる。三枝が先に立ってぶらぶら歩く。何町か知らないが、狭い横町に曲る。どの家の格子《こうし》にも女が出ていて、外に立っている男と話をしている。小《こ》格子《ごうし》[6]というのであろう。男は大抵絆纏着《はんてんぎ》である。三枝はその一人を見て、「好《い》い男だなあ」と云った。いなせとでも云うような男である。三枝の理想の好男子は絆纏着のうちにあると見える。三枝は、「ちょっと失敬」と云うかと思えば、小さい四《よっ》辻《つじ》に担荷《かつぎに》を卸《おろ》して、豆を煎《い》っている爺《じい》さんの処へ行って、弾豆《はじけまめ》を一袋買って袂《たもと》に入れる。それから少し歩くうちに、古賀と僕とを顧《かえり》みて、「ここだ」と云って、ついと或《ある》店《みせ》に這入《はい》る。馴染《なじみ》の家と見える。

二階へ通る。三枝が、例の伸屈《のびかがみ》の敏捷《びんしょう》な男と、弾豆を撮《つま》んで食いながら話をする。暫《しばら》くして僕は鼻を衝《つ》くような狭い部屋に案内せられる。ランプと烟草盆《たばこぼん》とが置いてある。煎餅《せんべい》布団が布《し》いてある。僕は坐布団がないから、しかたなしにその煎餅布団の真《まん》中《なか》に胡坐《あぐら》をかく。紙巻《かみまき》烟草に火を附けて呑《の》んでいる。裏の方の障子《しょうじ》が開《あ》く。女が這入る。色の真蒼《まっさお》な、人の好《よ》さそうな年増《としま》である。笑いながら女が云う。

「お休《やすみ》なさらないの。」

「己《おれ》は寝ないつもりだ。」

「まあ。」

1 縁者。親類。 2 旧・下谷区(現・台東区)仲御徒町二丁目と同朋町の間の横町。 3 青石横町にあった当時有名な料理店。 4 庶民の実情をよく知っていること。 5 妻を失って独身の男。 6 吉原の格の低い遊女屋。

「お前はひどく血色が悪いではないか。どうかしたのかい。」

「ええ。胸膜炎《きょうまくえん》[1]で二三日前まで病院にいましたの。」

「そうかい。それでいて、客の処《ところ》へ出るのはつらかろうなあ。」

「いいえ。もう心持《こころもち》は何ともありませんの。」

「ふむ。」

暫《しばら》く顔を見合せている。女がやはり笑いながら云《い》う。

「あなた可笑《おか》しゅうございますわ。」

「何が。」

「こうしていては。」

「そんなら腕角力《うでずもう》をしよう。」

「すぐ負けてしまうわ。」

「なに。己《おれ》もあまり強くはない。女の腕というものは馬鹿にならないものだそうだ。」

「あら。旨《うま》い事を仰《おっし》ゃるのね。」

「さあ来い。」

煎餅《せんべい》布団の上に肘《ひじ》を突いて、右の手を握り合った。女は力も何もありはしない。いくら力を入れて見ろと云ってもだめである。僕は何の力をも費さずに押え附けてしまった。

障子《しょうじ》の外から、古賀と三枝《さいぐさ》とが声を掛けた。僕は二人と一《いっ》しょに帰った。これが僕の二度目の吉原通《がよい》であった。そして最後の吉原通である。ついでだから、ここに書き添えて置く。

＊　＊　＊　＊　＊　＊

二十一になった。

洋行がいよいよ極《き》まった。しかし辞令は貰《もら》わない。大学の都合で、夏の事になるだろうということである。

いろいろな縁談で、お母《かあ》様が頻《しきり》に気を揉《も》んでお出《いで》なさる。

古賀が、後々のために好かろうと云うので、僕を某省の参事官[2]の望月《もちづき》君[3]という人に引き合せた。この人は某元老[4]の壻《むこ》さんである。下谷《したや》の大茂《だいしげ》[5]という待合《まちあい》[6]で遊ばれる。心

1　胸郭と肺の表面を包む二重の膜に起こる炎症。発熱して胸や背中が痛む。　2　明治十九(一八八六)年から各省に置かれた奏任の政務官の呼称。大臣や次官の諮問を受けて審議や立案に関わった。　3　井上馨伯爵の女婿《むすめむこ》の都筑馨六《つづきけいろく》がモデルとされる。　4　官位や評判の高い国家の功臣である老人。元勲。　5　当時有名な待合。　6　待合茶屋のこと。芸者を呼び会食して遊ぶことができる店。

安くなるには、やはりその待合《まちあい》へも行くが好《い》いということになる。折々行く。芸者を四五人呼んで、馬鹿話をして帰る。その頃《ころ》は物価が安くて、割前《わりまえ》が三四円位《くらい》であった。僕は古賀の勤めている役所の翻訳物を受け合ってしていたので、懐中《かいちゅう》が温《あたたか》であった。その頃は法律の翻訳なんぞは、一枚三円位取れたのである。五十円位の金はいつも持っていた。ところが、僕が一《いっ》しょに行くと、望月君がきっと酒ばかり飲んで帰られる。古賀が云《い》うには、「あれは君に遠慮しておられるのかも知れない。僕が遠慮のないようにして遣《や》ろう」と云った。そして或晩《あるばん》古賀がお上《かみ》に話をした。僕がこの時古賀に抗《こう》抵《てい》しなかったのも、芸者はどんな事をするものかと思う Neugierde があったからだろう。

一月の末でもあったか。寒い晩であった。いつもの通《とおり》三人で、下谷芸者の若くて綺《き》麗《れい》なのを集めて、下《くだ》らない事をしゃべっている。そこへお上《かみ》が這入《はい》って来る。望月君が妙な声をする。故意《わざ》とするのである。

「婆《ばば》あ。」

「なんですよ。あなた、嫌《いや》に顔がてらてらして来ましたよ。熱いお湯でお拭《ふき》なさい。」

お上は女中に手拭《てぬぐい》を絞って来させて、望月君に顔を拭かせる。苦味《にがみ》ばしった立派な顔が、綺麗になる。僕なんぞの顔は拭いても拭き栄《ばえ》がしないから、お上も構わない。

「金井さん。ちょいと。」

お上が立つ。僕は附いて廊下へ出る。女中がそこに待っていて、僕を別間《べつま》に連れて行く。見たこともない芸者がいる。座敷で呼ばせるのとは種が違うと見える。少し書きにくい。僕は、[2]衣帯《いたい》を解かずとは、貞女が看病をする時の事に限らないということを、この時教えられたのである。

今度は事実を曲げずに書かれる。その後も待合には行ったが、待合の待合たることを経験したのは、これを始《はじめ》の終《おわり》であった。

数日の間、例の不安が意識の奥の方にあった。しかし幸《さいわい》に何事もなかった。

暖《あたたか》くなってから、或日《あるひ》古賀と[3]吹抜亭《ふきぬきてい》へ[4]円朝《えんちょう》の話を聞きに行った。すぐ傍《そば》に五十ばかりの太った爺《じい》さんが芸者を連れて来ていた。それが貞女の芸者であった。彼と僕とはお互《たがい》に空気を見るが如くに見ていた。

1 ここでは待合の女主人。　2 着物と帯。着衣。ここでは着衣を脱ぐことなく性行為を行なった意。

3 当時下谷にあった寄席。　4 三遊亭円朝。天保十(一八三九)年—明治三十三(一九〇〇)年。落語家。人情噺を多く自作し、『怪談牡丹灯籠《かいだんぼたんどうろう》』『真景累ヶ淵《しんけいかさねがふち》』等の怪談の傑作の上演速記も残した。

＊　＊　＊　＊　＊　＊

同じ年の六月七日に洋行の辞令を貰《もら》った。行く先は独逸《ドイツ》である。独逸人の処《ところ》へ稽古《けいこ》に行く。壱岐坂《いきざか》時代の修行が大《おお》いに用立つ。

[1]八月二十四日に横浜で舟に乗った。とうとう妻を持たずに出立《しゅったつ》したのである。

＊　＊　＊　＊　＊　＊

金井君は或夜《あるよ》ここまで書いた。内《うち》じゅうが寝静まっている。雨戸の外《そと》は五月雨《さみだれ》である。庭の植込に降る雨の、鈍い柔《やわらか》な音の間々《あいだあいだ》に、亜鉛の樋《とい》を走る水のちゃらちゃらという声がする。西片町《にしかたちょう》の通《とおり》は往来《ゆきき》が絶えて、傘《からかさ》を打つ点滴も聞えず、ぬかるみに踏み込む足駄《あしだ》も響かない。

金井君は腕組《うでぐみ》をして考え込んでいる。

まず書き掛けた記録の続きが、次第もなく心に浮ぶ。[2]伯林《ベルリン》の[3]Unter den Linden を西へ曲った処の小さい[4]咖啡店《カッフェー》を思い出す。[5]Café Krebs である。日本の留学生の集る処で、蟹屋《かにや》蟹屋と云《い》ったものだ。何遍行っても女に手を出さずにいると、或晩一番美しい女で、どうしても日本人と一《いっ》しょには行かないというのが、是非《ぜひ》金井君と一しょに行くと云う。聴かない。女が癇癪《かんしゃく》を起して、[6]mélange のコップを床に打ち附けて壊《こわ》す。それから[7]Karlstrasse の下宿屋を思い出す。家主の婆《ば》あさんの姪というのが、毎晩肌襦袢《はだじゅばん》[8]一つになって来て、金井君の寝ている寝台の縁《ふち》に腰を掛けて、三十分ずつ話をする。「おばさんが起きて待っているから、ただお話だけして来るのなら、構わないといいますの。好《い》いでしょう。お嫌《いや》ではなくって。」肌の温まりが衾《ふすま》[9]を隔てて伝わって来る。金井君は貸借法の第何条かによって、三か月分の宿料を払って逃げると、毎晩夢に見ると書いた手紙がいつまでも来たのである。Leipzig[10] の戸口に赤い灯《ひ》の附いている家を思い出す。縮《ちぢ》らせた明色《めいしょく》の髪に金粉を傅《つ》けて、肩と腰とに言訣《いいわけ》ばかりの赤い着物を着た女を、客が一人ずつ傍《そば》に引き寄せている。金井君は、「己《おれ》は肺病だぞ、傍に来るとうつるぞ」と叫んでいる。維也納《ウィーン》[11]のホテルを思い出す。臨時に金井君を連れて歩いていた大官が手を引張ったのを怒った女中がいる。金井君は馬鹿気た敵愾心《てきがいしん》[12]

1 鷗外は明治十七(一八八四)年のこの日に留学に出発している。 2 ベルリンのこと。鷗外はドイツ到着直後と帰国前の一年をベルリンで暮らしている。現在第一の下宿跡が「ベルリン森鷗外記念館」になっている。 3 ウンター・デン・リンデン。ベルリン中心部にある大通りで、鷗外は『舞姫』で「菩提樹下」と訳している。 4 当時こうした喫茶店は男女の出会いの場でもあった。 5 Kreb はドイツ語で「蟹」のこと。だから留学生の間で「蟹屋」と呼ばれた。 6 (仏)混ざったもの、の意。カフェオレのこと。 7 注3の北側の通り。 8 肌に直接身に着ける下着。 9 寝る時に掛ける薄い寝具。 10 ライプツィヒ。ベルリンの南西一五〇キロメートルに位置する都市。鷗外の滞在地の一つ(一八八四—八五)。 11 オーストリア共和国の首都ウィーン。 12 敵に対する腹立ちの心。

を起して、出発する前日に、「今夜行くぞ」と云《い》った。「あの右の廊下の突き当りですよ。沓《くつ》を穿《は》いていらっしっては嫌《いや》。」[1]響《ひびき》の物に応ずる如しである。咽《む》せるように香水を部屋に蒔《ま》いて、金井君が廊下をつたって行く沓足袋《くつたび》の音を待っていた。München[2]の珈琲店を思い出す。日本人の群がいつも行っている処《ところ》である。そこの常客《じょうきゃく》に、やや無頼漢肌《ぶらいかんはだ》の土地の好男子の連れて来る、凄味掛《すごみが》かった別品《べっぴん》がいる。日本人が皆その女を褒めちぎる。或晩《あるばん》その二人連《づれ》がいるとき、金井君が便所に立った。跡《あと》から早足に便所に這入《はい》って来るものがある。忽《たちま》ち痩せた二本の臂《ひじ》が金井君の頸《くび》に絡み附く。金井君の唇は熱い接吻を覚える。金井君の手は名刺を一枚握らせられる。旋風《つむじかぜ》のように身を回《かえ》して去るのを見れば、例の凄味の女である。番地の附いている名刺に「十一時三十分」という鉛筆書きがある。金井君は自分の下等な物に関係しないのを臆病のように云う同国人に、[3]面当《つらあて》をしようという気になる。そこで冒険にもこのRendez-Vous[4]に行く。腹の皮に妊娠した時の痕《あと》のある女であった。この女は舞踏に着て行く衣裳の質に入れてあるのを受けるために、こんな事をしたということが、跡から知れた。同国人は[5]荒肝《あらぎも》を抜かれた。金井君も随分悪い事の限《かぎり》をしたのである。しかし金井君は一度も自分から攻勢を取らねばならないほど強く性欲に動かされたことはない。いつも陣地を守ってだけはいて、穉《おさな》いNeugierdeと余計な負けじ魂とのために、おりおり不必要な衝突をしたに過ぎない。

金井君は初め筆を取ったとき、結婚するまでの事を書くつもりであった。金井君の西洋から帰ったのは二十五の年の秋であった。すぐに貰《もら》った初《はじめ》[6]の細君は長男を生んで亡くなった。それから暫《しばら》く一人でいて、三十二の年に十七になる今[7]の細君を迎えた。そこで初は二十五までの事は是非《ぜひ》書こうと思っていたのである。

さて一旦筆を置いて考えて見ると、彼《か》の不必要な衝突の偶然に繰り返されるのを書くのが、無意義ではあるまいかと疑うようになった。金井君の書いたものは、普通の意味でいう自伝ではない。それなら是非小説にしようと思ったかというと、そうでもない。そんな事はどうでも好いとしても、金井君だとて、芸術的価値のないものに筆を着けたくはない。金井君は Nietzsche[8] のいう dionysos[9] 的なものだけを芸術として

1 金井君の誘いに積極的に反応した様子。打てば響くと同じ。 2 ミュンヘン。鷗外の滞在地の一つ（一八八六―八七）。 3 憎い相手を遠回しに批判すること。 4 （仏）ランデヴー。愛し合う男女が会うこと。 5 激しく驚かされた。 6 最初の妻で長男を出産後に鷗外二十八歳の時離婚した赤松登志子がモデル。 7 再婚した荒木志げがモデル（但し再婚時鷗外は四十歳）。 8 ニーチェ（一八四四―一九〇〇）。ドイツの哲学者。以下の芸術創出のディオニソス型・アポロン型の二分法はニーチェに拠っている。 9 ディオニソス。ギリシア神話でゼウスの息子。歓喜や興奮が特徴的な激情型。

視てはいない。Apollon[1] 的なものをも認めている。しかし恋愛を離れた性欲には、情熱のありようがないし、その情熱のないものが、奈何《いか》に自叙に適せないかということは、金井君も到底自覚せずにはいられなかったのである。

金井君は断然筆を絶つことにした。

そしてつくづく考えた。世間の人は今の自分を見て、金井は年を取って情熱がなくなったと云《い》う。しかしこれは年を取ったためではない。自分は少年の時から、余りに自分を知り抜いていたので、その悟性が情熱を萌芽のうちに枯らしてしまったのである。それがふとつまらない動機に誤られて、受けなくても好い dub を受けた。これは余計な事であった。結婚をするまで dub を受けずにいた方が好かった。更に一歩を進めて考えて見れば、果して結婚前に dub を受けたのを余計だとするなら、あるいは結婚もしない方が好かったのかも知れない。どうも自分は人並はずれの冷澹《れいたん》な男であるらしい。

金井君は一旦こう考えたが、忽《たち》ちまた考え直した。なるほど、dub を受けたのは余計であろう。しかし自分の悟性が情熱を枯らしたようなのは、表面だけの事である。永遠の氷に掩《おお》われている地極の底にも、火山を突き上げる猛火は燃えている。[2] Michelangelo は青年の時友達と喧嘩《けんか》をして、拳骨で鼻を叩《たた》き潰《つぶ》されて、望《のぞみ》を恋愛に絶ったが、かえって六十になってからVittoria Colonnaに逢って、珍らしい恋愛をし遂《と》げた。自分は無能力ではない。[3]Impotentではない。世間の人は[4]性欲の虎を放し飼《がい》にして、どうかすると、その背に騎《の》って、滅亡の谷に墜《お》ちる。自分は性欲の虎を馴《な》らして抑えている。[5]羅《ら》漢《かん》に[6]跋《ばっ》陀《だ》羅《ら》というのがある。馴れた虎を傍《そば》に寝かして置いている。童子がその虎を怖れている。[7]Bhadraとは賢者の義である。あの虎は性欲の象徴かも知れない。ただ馴らしてあるだけで、虎の怖るべき威は衰えてはいないのである。

金井君はこう思い直して、静《しずか》に巻《まき》の首《はじめ》から読み返して見た。そして結末まで読んだときには、夜はいよいよ更《ふ》けて、雨はいつの間《ま》にか止《や》んでいた。樋の口から石に落ちる点滴が、長い間《ま》を置いて、[8]磬《けい》を打つような響《ひびき》をさせている。

さて読んでしまった処《ところ》で、これが世間に出されようかと思った。それはむつかし

1 アポロン。ディオニソスと同じゼウスの息子だが、激情型ではなく鎮静型。 2 一二五頁注4参照。ここでは老境に入ったミケランジェロが壁画『最後の審判』を完成させる際の女性詩人コロンナとの恋愛を例に挙げることで、冷淡に見える金井にも情熱は潜在していることを主張する。 3 （英）インポテンツ。性的不能。 4 性欲を猛々しい虎にたとえる。 5 阿羅漢《あらかん》のこと。小乗修行の最高位で一切の煩悩を脱した存在。 6 十六羅漢の一人で仏法を守護する。 7 跋陀羅のこと。 8 「磬」は中国の古代楽器。石を叩いて音を発する。

い。人の皆行《おこな》うことで人の皆言わないことがある。Prudery[1]に支配せられている教育界に、自分も籍を置いているからは、それはむつかしい。そんなら何気《なにげ》[2]なしに我子に読ませることが出来ようか。それは読ませて読ませられないこともあるまい。しかしこれを読んだ子の心に現われる効果は、予《あらかじ》め測り知ることが出来ない。もしこれを読んだ子が父のようになったら、どうであろう。それが幸か不幸か。それも分らない。Dehmel[3]が詩の句に、「彼に服従するな、彼に服従するな」というのがある。我子にも読ませたくはない。

金井君は筆を取って、表紙に拉甸語《ラテンご》で

VITA SEXUALIS《ウィタ セクスアリス》

と大書《たいしょ》した。そして文庫[4]の中へばたりと投げ込んでしまった。

1 (英)上品ぶること。慎み深いふりをすること。 2 さりげなく。 3 デーメル(一八六三—一九二〇)。ドイツ象徴派の詩人。鷗外は彼の詩を多く翻訳している。また雑誌『スバル』第一号(明治四十二年一月)には全集が第七巻まで刊行されたとの記述がある。 4 書庫。または書籍等を入れる箱。

解説

斎藤茂吉

ウィタ・セクスアリスは、明治四十二年七月発行の雑誌スバル第一巻第七号に載ったもので、森鷗外先生四十八歳のときの作ということになっている。雑誌は月末になって発売禁止になった。あたかも観潮楼《かんちょうろう》歌会があり、その発売禁止を話題に、先生はにこにこしておられたことも、もはや夢のように追憶せられるまでになった。

この人間の性欲を取り扱った自伝体小説は、当時流行した日本自然主義の運動に刺《し》戟《げき》せられて書いたものだという具合に大概の文芸史家が解釈している。なるほどこの小説を発表した時は、ちょうどそういう時勢であったから、全然関係がないとは云《い》わぬが、愚見は一般の文芸史家の解釈と少し違っている。

十九世紀の末から二十世紀の初《はじめ》にかけて、独逸《ドイツ》では、メービウス一派の「境界状態」(Grenzzustände)ということの研究が盛んになって、一種の流行ともいうべきほどであったが、それらの手軽な論文が日本の学界にも入って来た。鷗外先生は一々それに目を通されたことは明らかで、私もニーチェの「病志」について先生と談《かた》り合ったことがある。ウィタ・セクスアリスの中にメービウスの名が出ているのはただその片鱗《へんりん》をのぞかせたに過ぎぬのである。そういうメービウス一派の研究方向とともに、ロンブロゾーの天才と狂人の説、犯罪者の研究などという学説が舶載し、それとまた相前後して、クラフト・エビングとかフォレルとかモールとかレーウェンフェルドとかシュルツェとかの性欲研究の書がどしどし舶載せられ、なかには、一般の学術書のほかに、ただ専門の研究室だけのものとしての、世界諸民族のあらゆる性欲を研究した、二十冊に近い厖大《ぼうだい》なものさえもある。また、フロイド一派の精神分析学はリビドーの色調の濃い学説であるが、それが医学者でない民衆と合体し、通俗説となって、日本にも渡来して来た。それを先生は大概読まれたようである。この小説のはじめに出て来るエルザレムの芸術に関する哲学説なども、この性欲に関聯《かんれん》しているので、先生はそういうものまで見のがしてはいないのである。

エルザレムの哲学説はフロイドなどのそういう性欲説と相関聯しているかどうかあまり明瞭《めいりょう》でないが、この小説のはじめのほうに、エルザレムの説が出て来て、「あらゆる芸術は Liebeswerbung である。口説《くど》くのである」というところがある。しかるにこの説については先生は、すでに小説よりもずっと前（明治三十三年）の「心頭語」という中に次のように書いているのである。

エルザレムのいわく、美は游戯《ゆうぎ》と求配《きゅうはい》(Spiel und Liebeswerbung)とより出《い》ず。游戯とは生物の余力を発揮するゆえんにして、動物界において早くその萌芽《ほうが》を見、人間界においてその大いに幼稚の時期を支配するを見る。芸術の技巧は游戯の一変したるものなり。求配はなお俗言に口説《くど》くというごとく、雄《お》の雌《め》を求め雌の雄を求むるをいう。動物は早くその配を得んがために自ら彩《いろど》り、未開人は女少なきとき男自ら飾り、男少なきとき女自ら容《かたちづく》る。配を求めて得《う》るときは、その所求者は能求者を認めて美となす。美はかくのごとく恋の成就より生まる。芸術の評価は、作者の求配と公衆の許嫁《きょか》とより成るものなり。

こう云っているのである。すなわちこの小説公表の十年ほども前にすでにひとたび書いた資料がこの小説の中に織り込まれているのである。そのほか、この小説に出て来る性欲学上の術語、色情倒錯上の術語なども、すでに年来の知識の蓄積にもとづくものと解釈すべく、また、こういう学問上のことは、一夜にして為上《しあ》げることのできないものであって見れば、おそらくはこの小説を書く意図は日本の自然主義などの流行しない以前からあったものと考えていいだろう。ただ公表の機運が熟せなかっただけであっただろう。私は今でもそう解釈している。

この小説のはじめのところで、「金井君は自然派の小説を読むごとに、その作中の人物が、行住坐臥《ぎょうじゅうざが》造次顚沛《ぞうじてんぱい》、何につけても性欲的写象を伴《ともな》うのを見て、そして批評が、それを人生を写し得たものとして認めているのを見て、人生は果してそんなものであろうかと思うと同時に、あるいは自分が人間一般の心理的状態を外《はず》れて性欲に冷澹《れいたん》であるのではないか、特にfrigiditasとでも名づくべき異常な性癖を持って生れたのではあるまいかと思った。」ということを云っている。また、木下杢太郎《きのしたもくたろう》氏の「森鷗外」(岩波講座「日本文学」)を読むと、自然主義勃興《ぼっこう》当時、田山花袋《たやまかたい》氏の小説に言及し、"erotisch getönt"だねと言って微笑されたということが書いてある。つまり当時の小説が、ただ性欲的色調のものさえ書けば、人生に「触れている」と云ったような面持《おもも》ちをしていたものであるが、性欲については、正常のものから病的のものまで知り抜いていた鷗外先生の目からは、おかしなものであったのかもしれないのである。それだからして、「性欲に冷澹」云々《うんぬん》の語のあるのは、とりもなおさず自己謙遜《けんそん》の外見をこうむらせた先生自身の心の"stolz"の状態でなければならない。語を換えていえば、鷗外先生の見識によると、「人生は性欲のみではない」ということを暗指しているのである。「人生は果してそんなものであろうか」ということは、「人生はそんなものでない」

はない」ということとなるのである。

人生と性欲との関係をそう観じて、しかも「性欲に冷澹」だと自称する金井博士が、正直に自己の性生活を告白したのが、この小説であるところに深味もあり強味もあり興味も存じているのである。しかもその性生活の記述範囲は単に日本にとどまらず、普仏戦後勃興《ぼっこう》した、ウィルヘルム第一世時代のドイツをも場面としているところが、また金井博士の持つ性欲観の背景に一種特有の複雑性を与えているのである。

この小説で、博士は、「自分は無能力ではない。Impotent ではない。世間の人は性欲の虎を放し飼《がい》にして、どうかすると、その背に騎《の》って、滅亡の谷に墜《お》ちる。自分は性欲の虎を馴《な》らして抑えている。羅漢《らかん》に跋陀羅《ばっだら》というのがある。馴れた虎を傍《そば》に寝かして置いている。童子がその虎を怖れている。Bhadra は賢者の義である。あの虎は性欲の象徴かも知れない。ただ馴らしてあるだけで、虎の怖るべき威は衰えていないのである」ということを云っている。これは、人生は性欲のみではないという思想とともに、インポテントでない健全な性欲の持ち主たる博士が、どう性欲を処理するかという根本思想を暗指しているので、日本の青年などよりもまだまだ強い性欲を持つ青年のいる、欧羅巴《ヨーロッパ》の学者たちが永《なが》い間かかって論議した「性教育」の結論も、自然この思想の中に織り込まれているのであるが、哲学者金井博士は単に欧羅巴学者の説とせずに、これを印度《インド》の羅漢に結び付けている。これを作者鷗外先生の態度として看《み》れば、決して一朝一夕のおもいつき思想などではなく、実は永いあいだかかった性欲観の断案でなければならないのである。

この小説は、自然主義の小説を傍《かたわら》に置いて、相待的に書いたもののように文芸史家はだれでも云うが、金井博士は、夏目金之助君の小説を読んで「技癢《ぎよう》を感じた」が、自然主義の小説を読んでも、「格別技癢を感じなかった」と云っているのは、この小説の作者森鷗外先生にとって、決して虚勢を張る言ではなかったと私は信じている。

その証拠をまだまだあげることができる。「灰燼《かいじん》」、「魚玄機《ぎょげんき》」、「青年」、「雁《がん》」などに散見する、性欲上の事実、それに対する作者の観照というものは、当時、日本の自然派小説家などの取り扱った浅薄な性欲観とは実に雲泥《うんでい》の差異のあるもので、特に、「魚玄機」などになると、ウィタ・セクスアリスのごとき初期のものでないだけに渾《こん》然《ぜん》として来てますますその味わいを加えて来ているのである。それから、「灰燼」においては半陰陽とその社会問題を取り扱わんと意図し、「魚玄機」、「青年」等においては、接触衝動と性感覚との微妙な関聯を取り扱わんとし、読者の人間性欲に関する知識が深ければ深いほど味わいを増すのである。「青年」にオットー・ワイニンゲルの女性観を織り込ませたなども、ただ一朝一夕に自然派作家を目安にして小説を書いたものでないことの一つの証拠ともなるのである。

なお、一言附加したいのは、鷗外先生は性欲をば、個の人間の肉体的衝動として取り扱おうとしたのみならず、これを社会問題として取り扱おうとした。これは先生自身の小説の中には露骨にはあらわれず、かろうじて、「魔睡《ますい》」の中にその一瞬をほのめかすに過ぎぬが、夫人(森しげ女)作として、スバル第一巻第十二号に載った、「波瀾《はらん》」という小説などにそれが出ている。現今では、社会衛生ということ、産児制限ということ、優生学ということ、そういうことはすでに常識となり家常茶飯の話題となっているが、これをば明治四十年ごろの社会に引き戻して考察すれば、このウィタ・セクスアリス製作の意図も決して軽々に看過してはならない、ここで先生の社会観はグンプローウィッツなどの意見などと握手するに至るのである。この「波瀾」は、当時にあっても、その後もだれ一人問題にした言説あるを聞かない。しかし、当時の鷗外先生の性欲観の漏らしきれぬ過剰は、夫人の作の中に織り込ませているとみなしていいとおもうから一言附加するのである。

また先生の小説は書斎小説で、ペダンチックで、実人生からは遠いもののようにも云われたが、人間の性欲などというものは体験に限りがあり、西鶴《さいかく》ものといえどもついに常套《じょうとう》に陥らざることを得なかったのに反し、クラフト・エビングの"Psychopathia sexualis" 一巻がいかに実例に豊かであるかに想到するならば、性欲学がこれを読書によって学び得ないという法はないのである。

このウィタ・セクスアリスは、鷗外先生が創作に復活せられたその初期に属するもので、同期のもの数種中男女の性心理の織り込まれたものとともに読むほうが理会に便利である。

（昭和十年十月吉日）

解　題

松木　博

一　新たな読者へ向けて

本作「ウィタ・セクスアリス」は、明治四十二(一九〇九)年七月一日発行の雑誌『スバル』第一巻第七号に「森林太郎《りんたろう》」の署名で掲載された。生前単行本に未収録で、昭和二(一九二七)年八月発行の全集刊行会版『鷗外全集』第五巻に初めて収められた。鷗外作品の中でもその知名度は「舞姫《まいひめ》」に匹敵する中篇小説である。ラテン語の馴染《なじ》みにくい題名ながら、インパクトの強さは無類で、しかも後述するように、発売禁止の処分を受けたことも相まって記憶に刻み込まれることになる。

岩波文庫では昭和十(一九三五)年に初版を、昭和三十五(一九六〇)年に改版新版を刊行しているが、このたび二〇二二年、鷗外生誕百六十年・没後百年の機に再び版を読み易く改め、詳しい側注を付して読者に提供することとなった。

ところで、本書末尾に「解説」と「解題」という二つの文章が並んでいることを奇異に思われるかも知れない。歌人として著名な斎藤茂吉《もきち》の「解説」は岩波文庫の初版刊行時に書かれたもので、今回の改版においてもこの「解説」を収録したのは、旧版に備わっていた貴重な文献として併せて読まれることを目指したからに他ならない。二〇二二年現在、既に執筆から八十七年を経過しているが、解説文に籠る熱量は今も健在である。「初めての斎藤茂吉君」。新進気鋭の歌人として鷗外の自宅観潮楼《かんちょうろう》で開かれた歌会に参加した茂吉の名を、出席者の石川啄木が日記に書き留めている（明治四十二年一月九日）。この観潮楼歌会は明治四十年三月の開始から三年目で、自身より二十歳若い茂吉に鷗外がどのように接したかは、茂吉の次の回想から伝わって来る。

その謄写版《とうしゃばん》ですった歌稿の一首一首を私が読んで行って少しく渋く厳《おごそ》かな調べの歌に逢ったときに私は一寸こうべをかしげてその歌を味《あじわ》っていると、先生は、「そいつは僕のだよ」などと云われて私を得意にさせたりしたことを今思出すのである。

（「森鷗外先生」『斎藤茂吉全集』第五巻所収、岩波書店、一九七三年。以下、引用は新字・新仮名づかいに改め、読みやすいよう適宜表記を整理した）

茂吉がこの時読んでいた簡易印刷された歌稿は、山縣有朋《やまがたありとも》を囲んで鷗外と親友の賀古鶴所《かこつるど》が立ち上げた常磐会《ときわかい》のもので、選者の一人井上通泰《みちやす》の談話によれば、提出された和歌を順不同で印刷し誰の作か分からないようにしていた。茂吉は期せずして鷗外の作品に注目したのだった。多くの和歌の中から鷗外作を撰び当て、鷗外の言葉に感激した記憶が鮮明に伝わって来る。こうして毎月のように、現在文京区立森鷗外記念館の建つ敷地にあった観潮楼に通った茂吉は、リアルタイムで「ウィタ・セクスアリス」を読み、「解説」にあるように発売禁止が話題となった歌会にも同席していたわけである。

この茂吉の「解説」に加え、現代の読者が新たな読みを広げるきっかけとなることを企図し、この「解題」では本作を読むためのいくつかの視点を提供したい。

二　発売禁止をめぐって

この「ウィタ・セクスアリス(Vita sexualis)」という題名が一世紀以上も忘却されることなく、性にまつわる話題に登場することがあるのは、やはりラテン語のインパクトが強く印象に残るからであろう。

この題名が、精神科医クラフト・エビングが明治十九(一八八六)年に出版した『性の精神病理『Psychopathia Sexualis』に由来するものであることは明らかである。エビングは序文の中で、一般的な読者を遠ざけるためにラテン語の書名としたと述べており、本文中でも露骨と受け取られかねない表現にラテン語を用いることで、過度に注目を浴びることを避けようとした。鷗外は既に本作執筆の二十年前、明治二十二年三月の医学論文「ルーソーガ少時ノ病ヲ診ス」でエビングの学説を引用しており、旧蔵のエビングの著書への書込みも著しいことから、エビングの顰《ひそみ》に倣《なら》おうとしたのであろう。

ところが、鷗外の場合はエビングと同様にはいかなかった。作家としての知名度もあって、むしろこの題名により注目を集めることになってしまったのだ。そして発売禁止の処分がそれに拍車をかけてしまった。

ここで、作品発表と発禁処分の経緯についてあらためて確認しておこう。まずは鷗外の日記から、関係記述を抜粋してみる。

明治四十二(一九〇九)年
六月　九日　Vita sexualis を草し畢《おわ》る。
　　十九日　吉井勇来訪す。Vita sexualis と椋鳥通信とをわたす。
七月　一日　Vita sexualis 昴に出づ。

四日　山口秀高Vita sexualisにつきて書を寄す。
六日　與謝野鉄幹来て大倉書店の番頭某がVita sexualisを刊行せんと欲することを語る。
二十四日　午前十一時文部省に往きて、岡田次官の手より文学博士の学位記を受く。
二十八日　昴第七号発売を禁止せらる。Vita sexualisを載せたるがためならむと伝へらる。
三十日　井上哲次郎を訪ひて語る。Vita sexualisを同人に郵寄す。
八月　一日　諸雑誌にVita sexualisの評囂《かまびす》し。
六日　内務省警保局長陸軍省に来て、Vita sexualisの事を談じたりとて、石本次官新六　予を戒飭《かいちょく》す(引用者注―注意を与え謹慎させる)。

以上のように掲載誌刊行の約一か月後に発売禁止の処分が科せられたわけだが、通常雑誌の場合は発売後短時日で処分が出されることが多く、これは異例であるとされて来た。また、処分翌々日にドイツ留学当時から親しかった東京大学教授の井上哲次郎を訪問しているのは、処分が妥当か否かを検証したいという意図があったと思われる。

実際にどの記述が処分の対象とされたかについては諸説があり、該当箇所が明示されることもないために未だ確定されていない。風俗を壊乱《かいらん》すると判断された箇所は一体どこなのか。これは現代の読者の多くが感じる疑問なのではないだろうか。

敢えて言えば、明治四十年に「姦通罪《かんつうざい》」の罰則が重くなったことから、作品の次の様な部分が問題となった可能性がある。主人公の金井湛《かないしずか》が十四歳の時、「八月の晴れた日の午後二時頃」に友人である尾藤裔一《びとうえいいち》の家を訪れると、裔一は不在でその継母がいた。「障子《しょうじ》をしめた尾藤の内はひっそりして」いたが、障子が開くと、なぜか中から、お屋敷勤めの青年・榛野《はんの》が姿を現す。「色の白い、撫肩《なでがた》の、背の高い男で、純然たる東京詞《ことば》を遣《つか》う」、作中でアドニスに擬せられているこの青年と、続いて出てきた友人の継母との関係は、確かに想像を刺激することは間違いない。とくに、榛野が帰ったあと、継母が金井に対し、以下のような態度を示すとあっては尚更であろう。

僕はしぶしぶ縁側に腰を掛けた。奥さんは不精《ぶしょう》らしくまた少しいざり出て、片膝立てて、僕の側へ、体がひっ附《つ》くようにすわった。汗とお白《しろ》いと髪の油との匂《におい》がする。僕は少し脇へ退《の》いた。奥さんは何故《なぜ》だか笑った。

「好くあなたは裔一《えいいち》のような子と遊んでおやんなさるのね。あんなぶあいそうな子ってありゃしません。」

奥さんは目も鼻も口も馬鹿に大きい人である。そして口が四角なように僕は感じた。

「僕は裔一君が大好《だいすき》です。」

「わたくしはお嫌《きらい》。」

奥さんは頰《ほ》っぺたをおっ附《つ》けるようにして、横から僕の顔を覗《のぞ》き込む。息が顔に掛かる。その息が妙に熱いような気がする。それと同時に、僕は急に奥さんが女であるというようなことを思って、何となく恐ろしくなった。（本書七二頁）

慌ててそこから駆け出した「僕」は、離れた誰もいない植え込みに隠された砂地に寝転び、いろいろなことを想像して時を過ごす。こうした箇所が読者の想念を刺激すると判断されたと考えることも出来るであろう。

三　作品構想の原点

発売禁止というとても重い処分を受けた作品ではあるが、意外なことに、実際に読んでみると、感情を挑発するような内容ではない。実際、発表当初から予想と読後感の落差を指摘されることが多かったことも確かである。

たとえば、発表当時に寄せられた様々な評価の中で、長谷川天渓《てんけい》の「ゴシップ」(「太陽」明治四十二年八月)は次のように述べている。

吾輩が、第一に面白いと思ったのは、その書き方だ。外部の種々なる刺激を受けて、この本能性が動き出す有様が厭味なく描写されてある。もしその発動を、内部から書いたならば、あるいは挑発的という批評を免れぬかも知れぬが、これは外部の刺激や誘惑を主として書いてある。別言すれば、性欲が外部から教育されつつ伸びて来る所を表わしたものだ。厭味の無いのは、全くこの書き方であるからであろう。

意外に思われるかも知れないが、芥川龍之介にも『VITA SEXUALIS』と題された草稿がある。大正一(一九一二)、二年頃、芥川二十歳前後の作と推定されているが、「これで中学二年までの VITA SEXUALIS の筆を擱く」という末文からすれば、僅か十四歳までの記録であるにもかかわらず、『芥川龍之介未定稿集』(葛巻義敏編、岩波書店、一九六八年)では伏字の箇所があり、人名はイニシャルにされている。新版『芥川龍之介全集』(岩波書店、一九九八年)で伏字と人名が復元されてみると、危うさに満ちていて、年代が異なるとはいえ、比べると鷗外作は刺激的とは言えない。

それでは、そもそも鷗外はどのようにこの作品を構想したのだろう。作品の冒頭にある記述から、当時の自然主義文学が描いた性表現への対抗心によって書かれたものではないかと考える向きもあったが、斎藤茂吉は本書の「解説」でそれを否定し、自然主義文学登場以前から考えられたものとする。これは一見鷗外を超越的な立場に置くための発言とも見えるが、鷗外が早くから「性」や「性欲」に関する考察の表現を構想していたことは確かである。

茂吉が指摘しているのは、作中で学生から借りて読む設定となっているエルザレムの学説について(本書一二頁)、実は本作を著す九年前、明治三十三(一九〇〇)年発表の鷗外の箴言集《しんげんしゅう》「心頭語《しんとうご》」で既に要約されている事実である。

しかし、さらに早く構想していたと考えることも出来るのではないだろうか。次の明治二十四(一八九一)年「立憲自由新聞社社告」を見てみよう。

ジャンジャック、ルーソーの原著懺悔《ざんげ》日記は鷗外森氏の健筆を以て反訳《ほんやく》し来十七日の紙上より毎号之を連載す、同日記は嘗《かつ》て其端緒を自由新聞紙上に掲載せしも惜しむべし数回にして中絶せり且つ其数回の記事も忌憚《きたん》する所有りしか為か、往々にして天真爛漫《てんしんらんまん》の段落を省略し懺悔日記の本領を失いたるの憾《うらみ》有り我社は氏に託して一句も漏さず原文を反訳し読者をして懺悔日記の本色を知らしめんとす。

これはJ・J・ルソーの代表作『告白』を、鷗外が全て翻訳し掲載するという予告文である。後段にあるように、鷗外が初めに『立憲自由新聞』に掲載した翻訳には全訳を意図していたと言いながら省略があり、原著の本領を失ったと評価されたことが書かれている。そのため『立憲自由新聞』側から、今度は原文の「一句も漏さず」に翻訳して欲しいという注文が付いたわけである。

ところが、この『立憲自由新聞』の連載が要望通りの逐語訳になったかと言えばそうではなく、翻訳原本にして約三百五十頁も省略されていた。つまり、鷗外は二度の翻訳機会を与えられながら、全訳からはほど遠い形でしか発表できなかったことになる。

この或る意味での度重なる「挫折」には何か理由があった筈である。考えられるのは、抄訳であっても、まず日本に紹介することに意味があると考えた鷗外と、それでは本領を失ってしまうと考えた立憲自由新聞社との見解の相違である。私見では、鷗外にとって全訳するために費やす時間は無く、自らの伝えたいことに焦点を絞る必要があった。

そしてこのように訳出箇所を絞るなかで、課題が出来ないと鞭で叩くという厳しい教育をする女性に対して、ルソー少年がわざと課題を怠って鞭打ちを受けたという場面を、鷗外は省略することなく訳出している。「これ（引用者注――鞭打ちの罰）を受くるに当《あた》りては、余は喜《よろこん》でこれに就《つ》き、心の中にてはひそかに興に入《い》りぬ」（『鷗外全集』岩波書店、一九七一年、第二巻所収「懺悔記」八一頁）。ルソーがその時初めて性を意識したと回想している本書一四頁の場面である。さらにこの場面は、先に触れた明治二十二年三月の医学論文「ルーソーガ少時ノ病ヲ診ス」にも登場するので、エビングとの関係も考え合わせるなら、「ウィタ・セクスアリス」の構想時期を明治三十年代とする茂吉説よりも、更に十年遡らせることも出来るように思われる。

四　実人生との接点

さて、ここまで見てきたように、性を扱った作品としての一面のみが注目されることの多い本作であるが、自伝的要素を背景に描かれており、鷗外という作家本人について多く知ることの出来る作品である。挙げるべきエピソードは多くあるが、ここでは本作に「古賀鵠介《こくすけ》」の名で登場する鷗外終生の親友、賀古鶴所《かこつるど》のことに触れておきたい。

まず、鷗外と賀古との関係性を物語る、ひとつの出来事を挙げておこう。

この解題を書いている二〇二二年一月現在、新型コロナウィルス感染症の蔓延によって世界中がいまだ混乱しているが、二〇一九年の感染拡大当初より、よく比較され話題となったのが、今から約百年前に世界的に流行し「スペイン風邪」と呼ばれた、現在ではインフルエンザの一種と判明している感染症である。日本では大正七（一九一八）年五月から七月に流行し、当時「春の先触れ」と呼ばれた第一波、同年十月から翌大正八年五月にかけての「前流行」、同年十二月から翌大正九年五月までの「後流行」と計三回の大きな波として全国各地を襲い、まことに痛ましいことに多くの人命が失われた。

当時の人々が抱いた戸惑いと恐怖は多くの文学作品にも残されている。例えば志賀直哉の小説「流行感冒《かんぼう》」（大正八年）。感染が身近に迫って来たことから主人公が同居する使用人の行動を疑い責める様子や、主人公自身と家族が感染して苦しむ場面など、現代の流行に重なる描写が鮮烈な印象を与える。

鷗外がこの「スペイン風邪」に前後二回罹患《りかん》していたと聞いて、意外に思う人は多いことだろう。というのも、鷗外は作家として知られると同時に、衛生学を学ぶためにドイツに留学した医師（陸軍軍医）でもあるからだ。けれども未知の病気に対して予防や治療が困難を極め、パンデミック（感染症の世界的規模の大流行）に対して人類が無力に近い存在であることは、現代のわれわれも痛みを伴って学んだことである。

大正七年十二月一日に自宅を訪問した漢学者の濱野知三郎《ともさぶろう》に宛て十四日発信した葉書には「ご来訪後まもなく流行の風邪に冒され」二週間病臥して今朝粥《かゆ》から御飯に戻したと書いている。これは前記「前流行」の時期に当たる。この直前に鷗外は帝室博物館館長として十一月三日から二十九日まで単身奈良に滞在しており、正倉院《しょうそういん》の曝涼《ばくりょう》(収蔵庫の扉を開けて風を通す虫干し)の責任者として日々多忙を極めていた。因みに新劇運動の創始者の島村抱月《ほうげつ》がスペイン風邪で亡くなったのは十一月五日のことであった。

そして大正九年一月三十日、濱野と同じ漢学者で互いに訪問する関係だった桂湖村《こそん》に宛てた手紙では、安穏にお過ごしかと尋ねた後に「小生夫妻とも感染　小児のみ免れ」と書いている。今度は夫婦で「後流行」の時期に感染したのである。鷗外の日記からは、十八日の日曜日に妻の看病をした後自分も発症してしまい、二十二日から二十四日の土曜日まで欠勤して四日間自宅で療養し、二十六日から出勤したことが読み取れる。

しかしここでより注目したいのは、そうした鷗外の病状ではなく、この二回の感染に際して次のような愚痴や弱音を吐ける人物が存在したことである。

大正七年十二月十三日(まだ粥を食べている回復途上で)

（前略）さてさて平凡極まる愚なる病気に悩まされしことかな　あきるるほかこれ無く候《そうろう》（後略）

大正九年一月二十四日（自宅療養中に）

人さわがせの流行性感冒　第一に妻を襲い次に小生を脅《おど》し候　軽症なれども腰部諸筋が痛み　物につかまりてやっと立つような体裁にて　流石の痩《やせ》我慢の小生も今日にて三日間引き籠り候（後略）

この二通の手紙を送った相手こそ、賀古鶴所なのである。鷗外は死の直前に口述した遺言書の冒頭で「余ハ少年ノ時ヨリ老死ニ至ルマデ一切秘密無ク交際シタル友」として賀古の名を挙げるが、ここにあげた手紙からも、まさに隠し事などある筈もない、家族以上と形容できる存在であったことが伝わって来る。二通目で「流石の痩《やせ》我慢の小生も」と七歳年上の賀古に書き送る鷗外は知り合って四十四年、満五十八歳になっていた。

こうした交友関係はどのように育まれたのだろうか。それを教えてくれるのがまさに本作である。主人公の金井が、賀古とおぼしき古賀と学生寮で同部屋になった、初対面での対話は次のようなものだった（本書七七―七八頁）。

古賀はにやりにやり笑って僕のする事を見ていたが、貞丈雑記を机の下に忍ばせるのを見て、こう云った。

「それは何の本だ。」

「貞丈雑記だ。」

「何が書いてある。」

「この辺には装束《しょうぞく》の事が書いてある。」

「そんな物を読んで何にする。」

「何にもするのではない。」

「それではつまらんじゃないか。」

「そんなら、僕なんぞがこんな学校に這入《はい》って学問をするのもつまらんじゃないか。官員になるためとか、教師になるためとかいうわけでもあるまい。」

「君は卒業しても、官員や教師にはならんのかい。」

「そりゃあ、なるかも知れない。しかしそれになるために学問をするのではない。」

「それでは物を知るために学問をする、つまり学問をするために学問をするというのだな。」

「うむ。まあ、そうだ。」

「ふむ。君は面白い小僧だ。」

僕は憤然とした。人と始《はじ》めて話をして、おしまいに面白い小僧だは、結末が余り振《ふる》っていい過ぎる。僕は例の倒三角形の目で相手を睨《にら》んだ。古賀は平気でにやりにやり笑っている。僕は拍子抜《ひょうしぬ》けがして、この無邪気な大男を憎むことを得なかった。

初対面での古賀の言葉に憤然としながらも、憎めない人柄を見抜いた金井。夕方二人は散歩に出かけ、鰻屋《うなぎや》へ入る。そこで豪快に鰻を食う古賀を、金井は、「僕は口には出さないが、面白い奴《やつ》だと思って見ていたのである」(本書八〇頁)。

おそらくこれは賀古と鷗外の関係そのものであり、こうして認め合った二人は、お互いの良き理解者としてその交わりは終生変わらなかった。すなわち「ウィタ・セクスアリス」は「性」と同時に「(人)生」と友情も描いて見せた小説と言えよう。

五　雑誌『スバル』での連作の試み

「ウィタ・セクスアリス」を、この時期の鷗外の他作との関係において見ることも重要である。明治四十二年の三月から鷗外は、本作の金井湛と同じく、大学教授を主人公にした連作を、『スバル』誌上で試みていた。以下のように極めて短期間に発表された戯曲一篇と小説四篇からなるこの作品群で、能で言えばワキが次の作品でシテとなるように、次々に主役をこなして行くのだ。しかしそれぞれの主人公のキャラクターが極めて異なっているわけではなく、読者は容易に鷗外自身を透かし見ることが出来る。

	作品名	主人公	
三月	「半日」	文科大学教授	高山峻蔵
四月	「仮面」（戯曲）	医科大学教授	杉村　茂
六月	「魔睡《ますい》」	法科大学教授	大川　渉
七月	「ウィタ・セクスアリス」	文科大学教授	金井　湛
十月	「金毘羅」	私立大学教授	小野　翼

そしてさらに言えば、この連作の主人公たちはそれぞれの状況で口を閉ざしている。「仮面」の杉村は、当時は生死に関わる病気であった肺結核に罹患したのを隠し続けることを選択し、その行為を「仮面を被る」と形容する。また高山と大川は、それぞれ夫人に対する悩みを抱えて沈黙する。

奥さんは此家に来てから、博士の母君をあの人としか云わない。博士が何故《なぜ》母《かあ》さまと云わないかと云うと、此家に来たのは、あなたの妻《さい》になりに来たので、あの人の子になりに来たのではないと答えることになっている。博士の方でも、奥さんが母君に聞えるように、母君の声の小言を言うのを、甚《はなは》だ不都合だとは思っているが、それを咎《とが》めれば、風波が起る、それ位の事を咎めるようでは、此家庭の水面が平《たい》らかでいる時はない。そこで黙っている。

（「平日」）

博士は、野蛮人が腹にある毒を吐かねばならないので、糞《ふん》を飲むときの心持はこんなであろうと思ったのである。博士は又声を出して「ええ、糞《くそ》を」と云いたいようであるのを、じっと熬《こら》えた。

（「魔睡」）

もちろん、一つ一つの作品は独立して読むことが可能なのであるが、連作として読んでみる時、近代社会の多様な軋轢《あつれき》にひたすら耐える男性像がさらに克明に浮かび上がる。一方で、こうした男たちの沈黙を軽やかに乗り越えていく女性を、鷗外は「ウィタ・セクスアリス」発表の翌々月に書いた対話劇「団子坂」で造形している。

男。（黙りて少し歩く。）とうとう此所《ここ》の処迄来てしまった。そんなら僕はもう卑怯らしく越すなんとは云《い》いません。僕はあなたを憎いとも思わないし、侮辱しようとも思わないのです。それではあした待っています。（立ち留まる。）
女。あしたはわたくしも決心して参りますわ。（小走りに狭き生垣と生垣の間に曲がる。終。）

漱石が『三四郎』（明治四十一年）の中で三四郎と美禰子《みねこ》に菊人形を見物させ下らせた団子坂を、鷗外は『三四郎』の翌年、逆に男女二人に登らせる。そして男は女から離れるための転居を止めて女の想いを受け入れるのだ。「ウィタ・セクスアリス」の中で「技癢《ぎよう》（自分の技量を示したい思い）」と表現した漱石への対抗意識の密《ひそ》やかな発露と言えるだろう。

六　投げ込まれた原稿の行方

前述のように、作品の結びで、原稿を書き終えた金井は「巻《まき》の首《はじめ》から読み返して」世間に出すことが出来るか、また我が子に読ませることが出来るか自問し、二つとも不可能との結論に至り文庫に「ばたりと投げ込んで」しまう。愚直に表現に即して考えるなら、小説は読者に届かなかったことになるが、もちろんそれは事実と異なる。

表現上では読者に届く可能性が断たれ消滅した形を取りながら、実際の内容は読者に間違いなく届いているのだ。

それでは、我が子の性教育についてはどうなったか。この「解題」の終りに、鷗外の長男である森於菟《おと》の著作『父親としての森鷗外』(筑摩書房、一九六九年)から、作品に関わる文章を掲げておきたい。これまで述べてきたように、「ウィタ・セクスアリス」は「書いたものが人に見せられるか、世に公にせられるかより先に、息子《むすこ》に見せられるかということを検《けみ》して見よう」(本書一七頁)と書き始められる。ところが結びでは「我子にも読ませたくはない」と発表を断念する。つまり作品としては息子への性教育の試みは挫折してしまう。ただこれは発売禁止などの処分を避けるレトリックであるとも解釈されてきた。ところで、現実はどうであったのだろうか。於菟はこのように回想している。

わが身の上の恥を忍んで記した序でに書きにくい事を書いて置く。それは父がその子の私にいかなる性教育をしたかを問う人があるからである。医科大学を卒業するまで真面目であった私が学業の不成績から一時自暴自棄に陥って不身持になり、また軽々しい動機からある婦人と無責任な生活をした事があった。その後間もなくわけがあって合意で別れたが、まだ話のつかぬ期間にその婦人が私のいない時父の家を訪ねた事があり、父はこれをつれて桜の咲く上野公園を散歩した。事に当って折目正しい母がそれを不都合だと責めたら、「せがれと関係がなくなっても、おれには昔の友人の娘だ。可哀そうなので連れて歩いたのが何がわるい。」といったとの事で、いかにも父らしい言葉だと思った。さてその後の私はますます不真面目になった。ある時夜更けて帰った私は堅く閉されていた観潮楼の門を叩いた。呼鈴はないのである。しばらくして玄関の雨戸を繰る音がして庭下駄をひきずりながら出てくる者がある。閂《かんぬき》を内から抜いて扉を開いたのを見ると父であった。「やあ、お帰り。」という。私は「遅くなりました。」といったきり父の顔を見得なかった。

この回想を読む時、鷗外日記の一行があらためて想起されてくる。実は先ほど「二」で引用した、明治四十二(一九〇九)年七月一日の日記には実は続きがある。（傍線引用者）

七月一日　Vita sexualis 昴に出づ。於菟第一高等学校の卒業証書を受く。

作品「ウィタ・セクスアリス」を読者に提供する作家としての思いと子に対する父としての思いが、この一行に籠められているのではないだろうか。作品掲載雑誌の刊行日と、息子於菟の卒業が同日になったのは偶然かも知れない。しかし日記にその重なりを一行に続けて記した思いの深さを、私は疑うことが出来ない。

＊　本書の解題と注釈では、『日本の文学　森鷗外（一）』（中央公論社、一九六六年）の長谷川泉氏、『近代文学注釈大系6　森鷗外』（有精堂出版、一九六六年）の三好行雄氏、『日本文学全集4　森鷗外集（一）』（集英社、一九六七年）の小田切進氏、『日本文学全集7　森鷗外集』（河出書房新社、一九六七年）の稲垣達郎氏、『現代日本の文学　森鷗外集』（学習研究社、一九七〇年）の紅野敏郎氏、山崎一穎氏、『森鷗外全集』第一巻（筑摩書房、一九七一年）の須藤松雄氏、「森鷗外『ヰタ・セクスアリス』注釈㈠〜㈦」（東海大学注釈と批評の会編『近代文学　注釈と批評』）の小泉浩一郎氏のそれぞれの語注を参考にさせていただいた。また、長年大学で行ってきた講義における学生たちとのやり取りからも様々なヒントを得た。記して謝意を表したい。